Nicolas Lambrix

Le chaos s'écrit en bleu

ISBN 978-2-9603697-2-4

À ma folie, à mes amis...

Avant-Propos

Honorables lecteurs, distinguées lectrices, et vous, lecteur-lectrice (car nous admettons tous les horizons de l'esprit), bienvenue dans un royaume où les licornes s'adonnent à des discussions métaphysiques avec des croutons aériens, où les conférences sur la relativité sont prodiguées par des pitres en pyjama, et où les pingouins philosophes-bananes évoquent des questions existentielles, tout en exécutant une jonglerie de yaourts périmés.

Avant de vous engouffrer avec hardiesse dans «Le Festin de l'Absurdité», nous souhaitons vous avertir : cette œuvre s'apparente à une potion d'excentricité mijotée par un alchimiste envouté par trois lunes tempétueuses. Attachez les ceintures de votre curiosité, car nous amorçons un périple aussi désarçonnant que délicieusement déconcertant.

Concevez un univers où les pesanteurs intellectuelles s'entremêlent dans une virevolte frénétique, où les mots se muent en acrobates intrépides dépourvus de filet de sécurité, où les poissons troquent leurs écailles contre des ailes et les oiseaux décident que la nage évoque dorénavant l'élégance suprême. Si vous recherchiez une logique implacable, des démonstrations scientifiques et des réponses insondables, nous vous suggérons de dériver vers d'autres contrées, car ici, nous valsions avec l'absurde.

Nicolas, notre protagoniste aux pensées qui semblent composées d'un saladier de fruits durant le carnaval, se retrouve captivé dans une tourmente de non-sens après avoir suscité une question banale, quoiqu'existentielle. Les points d'interrogation trampoline aux côtés des points d'exclamation, les virgules se muent en funambules, et les guillemets font grève pour s'octroyer davantage de répit. Les règles de la réalité s'accordent une sieste, tandis que l'absurdité esquisse une démonstration de danses acrobatiques.

Vous aurez l'occasion de rencontrer des créatures qui émergent tout droit d'un rêve postapocalyptique digne de Lewis Carroll, des circonstances qui bafouent les normes de la logique avec autant de grâce qu'une girafe se lançant dans un tango, et des dialogues qui propulsent les discussions entre légumes et sèche-cheveux vers des niveaux d'ordinaire incroyablement extravagants.

Cependant, ne vous méprenez point, derrière ce chaos méthodiquement orchestré, et cette pluie d'excentricités se dissimule un message profondément enfoncé. Car, il est bon de le rappeler, parfois, c'est au cœur du tumulte des absurdités que l'on perçoit les résonances les plus authentiques. « Le Festin de l'Absurdité » ne se cantonne point à être un mélange explosif d'absurdités, il constitue plutôt une invitation à réévaluer la signification, à sourire face au néant, et à étreindre la danse tumultueuse de la créativité.

Préparez-vous donc à une odyssée mentale où les frontières de la réalité sont dessinées à la craie, pour être aussitôt effacées par des pandas jongleurs. Si votre attente tendait vers une histoire ordonnée et prévisible, nous vous invitons à revoir vos anticipations. Vous êtes en voie d'entamer une immersion au sein d'un océan de rires, de questionnements ubuesques et d'aventures déraisonnables.

Dès lors, estimés lecteurs, calibrez votre boussole intérieure sur « loufoquerie maximale » et laissez-vous happer par cette épopée qui transforme le chaos en poésie, les interrogations en éclats de rire, et les absurdités en étoiles pirouettant au sein d'un firmament de mots infini.

Que l'absurdité vous accompagne !

Chapitre 1 : Début absurde
Le cheveu bleu écrit

Dans la cité de Nomsenville, où l'incongru s'étalait sans gêne et où les chapeaux prenaient vie pour danser le tango avec les parapluies, résidait un plumitif excentré du nom de Nicolas. Si vous vous risquiez à interroger les autochtones pour circonscrire Nicolas en un unique vocable, ils lâcheraient d'une seule voix : « flibustier ». Et nul ne faisait allusion à la couleur de ses yeux, mais à celle de ses tifs.

Nicolas affichait une chevelure bleue électrique, une teinte qui contrastait allègrement avec l'environnement bizarroïde de la cité. Sa demeure, aux murs chamarrés et fenêtres inclinées, surgissait tel un éclatant cri de guerre au cœur du quartier déjanté. Mais ne vous méprenez pas, ce n'était pas uniquement son aspect qui était exotique, sa manière d'être frôlait elle aussi les confins du cocasse.

Un matin, alors que le soleil amorçait une ascension plutôt maladroite, Nicolas fut visité par une idée totalement dingue. Il entreprit d'écrire un bouquin. Pas n'importe quel bouquin, un bouquin sur rien. Oui, absolument rien. L'idée lui avait été inoculée par un rêve où les mots se livraient à une danse syncopée, sans se soucier le moins du monde de rythme ou de mélodie. Nicolas, porté par une farouche détermination à élargir les frontières de la plume conventionnelle, avait une noble mission : explorer l'inexploré territoire du vide.

Il s'affala devant son pupitre, plume en main, feuille vierge s'étendant devant lui telle une toile vierge. L'abyssal de cette page immaculée le fixait avec un air de défi, un sourire narquois au coin des marges. Cependant subsistait une question essentielle comment entamer un récit sur rien? Nicolas se gratouilla la caboche, tirant sur une mèche de sa tignasse azurée, comme s'il espérait extirper une idée de ses follicules. Rien à faire.

Après quelques instants de réflexion digne d'un philosophe dadaïste, il abandonna sa plume sur le papier. Juste un point d'interrogation. Un colossal point d'interrogation, à vrai dire. Il occulta presque toute la surface, tel un symbole absurde matérialisant l'ignorance humaine devant l'infini cosmique.

Il resta là, observant la page avec une allure de badaud intrigué. «Alors?» susurra-t-il à lui-même. Il patientait, espérant que le point d'interrogation entamerait une lambada rythmée, ou se métamorphoserait en un époustouflant feu d'artifice d'idées… n'importe quoi. Pourtant, rien de tout cela ne se manifesta. Le point d'interrogation restait immobile, narguant Nicolas d'un air bravache, défiant quiconque de lui dénicher un sens.

En définitive, d'un soupir résigné, Nicolas se pencha en avant et ajouta une virgule aux côtés du point d'interrogation. « Peut-être que cette virgule saura déjouer son mutisme », cogita-t-il, se délectant presque de l'absurdité de sa propre irrationalité. Attente à nouveau, mais encore une fois, niet, peau de balle. Le point d'interrogation et la virgule restaient aussi immuables que les statues antiques.

— Un petit café s'impose, se décida Nicolas. Se dressant de sa chaise azur, il traversa la pièce en direction de la cuisine. Sa cafetière lui jeta un regard inquisiteur.

— Bien entendu, toi aussi, lui dit-il en versant le café dans une tasse qui ressemblait étrangement à un escarpin dépareillé

— Peut-être que ce café sera l'étincelle de mon inspiration baroque.

De retour à son bureau, tasse en main, il contemplait éternellement la page, le point d'interrogation et la virgule, puis son café. Soudain, une idée saugrenue se fit un chemin dans son esprit.

¬Et si… ? marmonna-t-il en hochant la tête.

Tremper son doigt dans le café et tracer un contour autour du point d'interrogation, voilà ce qu'il fit. Une auréole brune s'épanouit, une couronne défiant la gravité. Et alors, telle une baguette magique dépourvue de sens, la spirale du point d'interrogation s'anima. Elle s'enroula, tournoya et se mua en une spirale tridimensionnelle en lévitation. C'était comme si le café lui avait conféré une existence, ou du moins une existence totalement tarabiscotée.

Les yeux de Nicolas s'écarquillèrent, une myriade d'émerveillements et de rires s'élevant en lui. Il fixait la danse effrénée de la spirale avec une fascination grandissante.

— Eh bien, voilà un prélude résolument surréaliste, songea-t-il en lâchant un éclat de rire.

Juste au moment où il estimait que la situation ne pouvait s'aggraver, la spirale se détacha du papier et se mit à virevolter dans l'air. Nicolas tenta éperdument de l'attraper, mais ses doigts passaient à travers l'air comme s'il s'employait à saisir un souffle. La spirale gagna en altitude, zigzaguant dans la pièce avec la désinvolture d'un funambule ivre. Elle pirouettait, tournoyait et valsait, emplissant l'atmosphère d'une étrange énergie.

Nicolas haussa les épaules, signe de reddition.

— Eh bien, je suis certain que j'ai fait ma part pour la journée, décréta-t-il, adressant un sourire complice à la spirale qui semblait lui répondre par une courbette encore plus extravagante. Puis, d'un ultime tourbillon enthousiaste, la spirale s'envola par la fenêtre, s'évaporant dans le ciel azur.

Nicolas se laissa tomber dans son siège, cœur palpitant de joie et de contentement. « Il semble que mon livre sur rien ait déjà commencé à inscrire ses propres chapitres », murmura-t-il, penché sur le point d'interrogation qui trônait de nouveau sur la page, mais maintenant avec un air de conquête.

Ainsi, alors que Nicolas observait le point d'interrogation triomphant et le tableau chaotique laissé par Coco, il se produisit un étrange évènement. Un bruit, familier dans sa bizarrerie, résonna soudain. C'était un son qui défiait toute attente dans un monde régulier, mais qui trouvait sa place à Nomsenville. C'était le hurlement aigu d'un chat vociférant « banane ».

Nicolas détourna le regard vers la fenêtre pour apercevoir Coco, son chat rayé aux yeux hétérochromes, se promenant sur le rebord en vocalisant inlassablement le mot « banane ». Pour Nicolas, c'était une scène absolument normale dans son quotidien, une preuve que le monde se mariait harmonieusement avec son état d'esprit fantasque.

« Assurément, Coco », annonça-t-il en ouvrant la fenêtre pour que le chat puisse pénétrer à l'intérieur. Coco fit son entrée, miaulant toujours « banane » et produisant des étincelles multicolores à chacun de ses pas.

— Coco, toujours aussi farfelu, commenta Nicolas en caressant doucement l'animal, qui répondit en se contorsionnant tel un ver de terre enjoué, provoquant d'étonnantes décharges d'allégresse.

Tandis qu'il observait Coco se délecter à sa manière singulière, une pensée lui traversa l'esprit : et si Coco pouvait également contribuer à son livre sur rien? Nicolas s'empara d'une plume et d'un parchemin, mettant en musique les miaulements et les étincelles de Coco pour créer une composition poétique dépourvue de sens, mais colorée et rythmée.

Coco observa initialement avec curiosité, puis il bondit sur la table et se mit à danser sur le papier, laissant des traces colorées et des empreintes de pattes enjouées derrière lui. Nicolas éclata de rire en observant les esquisses de Coco prendre vie sous ses yeux. Bientôt, la table se transforma en une scène artistique absurde, où un chat tigré enfiévré exprimait sa créativité d'une manière totalement inattendue.

— J'imagine que, toi aussi, tu veux te joindre à l'écriture de mon livre sur rien, n'est-ce pas, Coco? lança Nicolas en observant le chat, qui avait créé une composition ressemblant étrangement à un paysage lunaire parsemé de bananes flottantes.

Coco s'assit fièrement au cœur de son œuvre et miaula une dernière fois «banane», comme pour sceller sa contribution. Nicolas esquissa un sourire en reconnaissant que même les actes les plus absurdes pouvaient revêtir une forme de signification, même si cette signification échappait à toute interprétation conventionnelle.

Alors qu'il contemplait le point d'interrogation victorieux sur la page et le tableau extravagant de Coco, un enthousiasme grandissant l'envahit. Son livre sur rien, loin d'être une entreprise futile, prenait vie d'une manière encore plus stupéfiante que prévu. Les éléments farfelus qui l'entouraient semblaient se rassembler pour créer une symphonie de non-sens et de jubilation.

La journée s'étira jusqu'à se muer en soirée, les lumières de Nomsenville scintillant telles des étoiles fantasques. Nicolas se pencha à la fenêtre, observant la cité tout en méditant sur ses extravagances quotidiennes. Il prit conscience que sa volonté d'écrire un livre sur rien était en réalité une aspiration à célébrer l'essence même de cette cité exceptionnelle.

— Peut-être que je suis déjà en train d'écrire mon livre à mon insu, murmura Nicolas en esquissant un sourire. Il réalisa que chaque interaction, chaque situation absurde, chaque pensée extravagante qui peuplait son esprit constituait une pièce de ce puzzle en perpétuel devenir.

Jetant un dernier coup d'œil au point d'interrogation triomphant et au tableau haut en couleur de Coco, Nicolas se prépara à éteindre la lumière pour plonger dans un sommeil fertile en rêves

À la suite de l'audacieux point d'interrogation tracé par Nicolas, une cascade d'absurdités éclata dans le monde qui l'entourait. Comme s'il avait involontairement activé un interrupteur caché du non-sens, tout commença à se déformer et à se métamorphoser sous ses yeux éberlués.

D'abord, ce furent les lettres. Elles semblaient avoir trouvé leur liberté, se détachant des mots pour danser et flotter dans l'air. Les A tournoyaient comme des acrobates intrépides, les B se balançaient comme des balançoires capricieuses et les C s'amusaient à se cacher derrière les rideaux. Les consonnes et les voyelles s'amalgamèrent en une folle farandole, se moquant de toute cohérence grammaticale.

Les mots, quant à eux, semblèrent devenir conscients de leur propre existence. Ils se détachèrent des pages des livres et des parchemins, s'élevant dans les airs comme des ballons lors d'une parade magique. « Chat » flotta à côté de « chapeau », « poisson » se lia d'amitié avec « trompette » et « château » fit une révérence à « confiture ». C'était comme si les mots eux-mêmes s'amusaient à jouer à cachecache, à former de nouvelles alliances et à explorer des combinaisons inédites.

Nicolas, tout en restant assis à son bureau, observait avec émerveillement ce spectacle étrange et merveilleux. Son propre point d'interrogation semblait s'animer, entrainant avec lui tout un univers de créativité ludique. Les expressions insensées et les associations invraisemblables déferlaient autour de lui, créant une atmosphère où le ridicule et le fantastique se donnaient rendez-vous.

Des phrases comme « Le lapin chantait des sardines » et « Les nuages dansaient la valse avec des cuillères » flottaient devant lui, peignant des tableaux mentaux à la fois absurdes et enchanteurs. Les mots semblaient s'émanciper des contraintes du sens conventionnel, se lançant dans des aventures sémantiques débridées.

Nicolas leva les bras, attrapant quelques-unes de ces expressions extravagantes qui passaient près de lui.

— Pluie de fraises et étoiles confites !, s'exclama-t-il en riant. Les mots semblaient avoir acquis une nouvelle texture, une saveur qui chatouillait son imagination et faisait danser son esprit.

Pendant ce temps, le décor de la pièce prenait également part à ce tourbillon d'absurdités. Les meubles dansaient le tango avec les tapis, les murs se pliaient en rires, et les tableaux sur les murs se transformaient en fenêtres vers des mondes inconnus. La réalité était devenue un tableau vivant de peintures psychédéliques, chaque élément contribuant à une symphonie visuelle déconcertante.

Au milieu de ce chaos enchanteur, Nicolas sentit un frisson électrique lui parcourir l'échine. Une sensation nouvelle et inconnue semblait s'emparer de lui, une énergie pure qui se mélangeait avec l'effervescence des mots et des objets en mouvement. C'était comme si son propre être était en train de fusionner avec la folie qui l'entourait, comme si l'absurdité était en train de l'envahir et de le transformer.

Alors que le temps semblait se plier et se déformer, Nicolas se rendit compte que sa perception du monde était en train d'évoluer. Les barrières entre le rationnel et l'irrationnel s'estompaient, laissant place à une vision nouvelle et enivrante de la réalité. Il avait l'impression de se trouver dans un rêve éveillé, où les lois de la physique et de la logique n'avaient plus cours.

Puis, tout aussi soudainement qu'elle avait commencé, la frénésie de l'absurdité commença à s'apaiser. Les lettres retournèrent à leurs mots, les mots retrouvèrent leurs places dans les phrases et la pièce cessa son ballet étrange. Nicolas resta assis là, reprenant lentement son souffle, ses yeux scintillants d'émerveillement.

Il fixa le point d'interrogation victorieux, toujours présent sur la page, maintenant entourée d'un tourbillon de mots et d'expressions. Le sourire qui se forma sur son visage était empreint d'une nouvelle compréhension, d'une connexion profonde avec l'essence ludique de l'univers.

Alors que la réalité reprenait son aspect habituel, Nicolas se sentit transformé. Son voyage dans l'absurdité avait été bien plus qu'une simple exploration littéraire. C'était devenu une plongée dans les recoins les plus intimes de sa créativité, une célébration de l'imprévisible et du merveilleux.

Tandis qu'il observait les mots flottants autour de lui, il sut que cette expérience allait façonner la suite de son aventure. Il n'était plus seulement l'écrivain solitaire dans sa maison aux cheveux bleus, il était devenu le protagoniste d'un récit où l'absurdité et la joie étaient les guides.

À la suite du point d'interrogation audacieux tracé par Nicolas, le monde se lança dans une danse folle d'absurdités. Les lettres, libérées de leurs chaines linguistiques, se mirent à flotter dans l'air comme des confettis lors d'une fête extravagante. Les mots, autrefois solidement ancrés sur le papier, se détachèrent et commencèrent à s'élever dans l'atmosphère avec la légèreté des ballons de baudruche.

Nicolas, observant cette transformation avec un mélange de stupéfaction et d'excitation, réalisa que son point d'interrogation avait déclenché une série d'évènements dignes d'un rêve farfelu. Les lettres, d'abord hésitantes, prirent rapidement de l'assurance dans leur nouvelle liberté. Les L dansèrent avec les C, les O jouèrent à cachecache avec les I, et les consonnes et les voyelles formèrent des couples surprenants qui semblaient tout droit sortis d'une valse absurde.

Pendant ce temps, les mots se rassemblèrent en grappes ludiques, créant des ensembles d'expressions qui n'avaient aucun sens apparent, mais qui semblait pourtant parler directement à l'esprit de Nicolas. « Banane cosmique », « Nuages en pantoufles », « Flamants roses chantants » — les phrases flottaient devant lui, dessinant des sourires sur son visage et faisant naitre des éclats de rire.

Nicolas leva la main, saisissant quelques-uns de ces mots volants au passage. « Cacophonie de cacahouètes ! », s'exclama-t-il en riant. Les mots semblaient avoir acquis une vie propre, une personnalité extravagante qui transcendait leur signification conventionnelle. Ils étaient devenus des créatures joyeuses, des joyaux d'absurdité qui scintillaient dans l'air.

La pièce elle-même semblait participer à cette célébration de la fantaisie. Les meubles dansaient en rythme, les tapis se déroulaient comme des tapis rouges pour des invités imaginaires, et les murs se pliaient en courbes comiques. La réalité était devenue une toile où les couleurs vives de l'absurdité étaient utilisées avec une spontanéité enfantine.

En contemplant ce spectacle extraordinaire,

Nicolas sentit une énergie nouvelle couler en lui. Une vague de créativité pure et incontrôlée le submergea, une énergie qui le connectait à l'essence même de l'absurdité. Il se rendit compte que ce n'était pas seulement le monde qui s'embrasait dans la folie, mais aussi son propre esprit qui s'éveillait à de nouvelles possibilités.

Le temps semblait perdre son sens alors que Nicolas se laissait porter par le tourbillon d'absurdités qui l'entourait. Les mots et les lettres formaient des constellations éphémères dans le ciel de sa conscience, créant un tableau vivant de la joie et de l'inattendu. Il était comme un enfant dans un parc d'attractions insensé, découvrant avec émerveillement chaque nouvelle attraction linguistique.

Soudain, tout aussi subitement qu'il avait commencé, le tumulte s'apaisa. Les lettres regagnèrent leurs mots, les mots s'alignèrent dans des phrases cohérentes, et la pièce retrouva sa forme ordinaire. Nicolas demeura assis là, son souffle s'acclamant lentement, un sourire béat aux lèvres.

Il observa le point d'interrogation triomphant toujours présent sur la page, désormais entouré d'un essaim de mots et d'expressions. Les lettres semblaient avoir retrouvé leur place, mais elles brillaient d'une aura différente, comme si elles avaient absorbé une part de l'excitation qui avait rempli la pièce.

Nicolas ressentait une joie indescriptible. Son

aventure dans l'absurdité avait été bien plus qu'une simple expérimentation littéraire. C'était devenu une exploration de l'inconnu, une plongée dans les profondeurs de son propre esprit créatif. Il avait découvert que l'absurdité n'était pas simplement une absence de sens, mais un univers de possibilités et de découvertes.

Alors que les mots continuaient à flotter autour de lui, Nicolas réalisa que sa quête de rien avait abouti à quelque chose de bien plus précieux : une connexion profonde avec l'essence de la créativité humaine. Il était devenu un participant actif dans cette danse joyeuse entre le sens et le non-sens, et il savait que son voyage était loin d'être terminé.

En contemplant le chaos apaisé qui l'entourait, Nicolas sentit un sentiment de gratitude et d'humilité l'envahir. Il était reconnaissant d'avoir découvert l'extraordinaire pouvoir de l'absurdité, et il était humble face à l'immensité des possibilités créatives qui s'offraient à lui.

Alors que la réalité reprenait son allure familière, Nicolas sut qu'il emporterait cette expérience avec lui, gravée dans son cœur comme un trésor secret. Son voyage dans l'absurdité l'avait transformé, non seulement en tant qu'écrivain, mais en tant qu'être humain qui embrassait avec enthousiasme la magie de l'inattendu.

Chapitre 2 : Le monde s'emballe
L'explosion de l'interrogation

Suite à son audacieux point d'interrogation, une transformation tout à fait extravagante s'empara de l'univers de Nicolas. Le cosmos sembla s'accorder à la mélodie discordante de son ambition absurde. Les lettres, libérées de leurs chaines linguistiques, dansèrent à travers l'air avec une insouciance déroutante. Les mots, quant à eux, se jouèrent des conventions et s'envolèrent autour de Nicolas comme des ballons multicolores dans une parade déjantée.

Nicolas cligna des yeux, saisi de court par la déferlante de chaos qui se déroulait sous ses yeux ébahis. Des Q fugitifs jouaient à cache-cache avec des Z, des P engagèrent une course effrénée avec des F, et les voyelles semblaient tout simplement faire la fête, s'entremêlant dans une cacophonie de sons impossibles.

L'atmosphère devint une frénésie verbale, une émeute alphabétique où le sens des mots s'évaporait dans un brouhaha ludique. Les consonnes et les voyelles se mélangeaient, se chamaillaient, puis se réconciliaient pour former des combinaisons étranges et inédites. Les phrases se transformèrent en sortilèges de mots qui, malgré leur incohérence, semblaient s'adresser directement à l'âme de Nicolas.

Des mots comme « ananas-tornade » et « hippopotame-spaghetti » s'échappèrent du tumulte, créant des images burlesques dans l'esprit de Nicolas. Les adjectifs, d'ordinaire dociles, se rebellèrent contre leur rôle habituel, se baladant d'un nom à l'autre avec une insouciance enfantine. Les verbes, quant à eux, semblaient s'être affranchis de toute logique temporelle, se conjuguant au hasard et ajoutant un grain de folie aux évènements.

Tout en observant cette tourbillonnante mascarade linguistique, Nicolas sentit un éclat de rire lui échapper. Au cœur du chaos alphabétique, il ressentit une légèreté qu'il n'avait jamais connue. Les règles grammaticales semblaient s'évaporer, libérant une créativité pure et débridée.

Les lettres dansèrent autour de lui, des A effectuant des arabesques, des M se tortillant dans des contorsions amusantes, et des E sautillant comme des sauterelles ivres. Nicolas n'était plus sûr de rien, sauf que l'absurdité s'était emparée de sa réalité et qu'il se laissait porter par cette nouvelle et excentrique aventure.

Des mots, semblables à des bulles de savon, flottaient dans toute la pièce, créant un tourbillon de couleurs et de sons. Le plafond semblait participer à cette célébration linguistique, oscillant entre un bleu ciel et un jaune canari avec des touches de violet éclatant.

Nicolas tendit la main, attrapant quelques lettres au vol. Un L, un O, un U et un F se posèrent dans sa paume, formant un «LOUF» qui lui arracha un sourire. Il éclata de rire en prononçant le mot à voix haute, savourant la délectable étrangeté de l'instant.

Soudain, la pièce sembla tournoyer autour de lui. Les meubles glissèrent dans des directions opposées, les murs se plièrent en courbes étranges, et le sol se transforma en surface élastique qui sautillait au rythme de son cœur. Nicolas fut entrainé dans un tourbillon de folie, son monde devenant un carnaval insensé où les règles de la réalité n'étaient que des suggestions.

Alors que le tumulte linguistique atteignit son apogée, Nicolas ressentit quelque chose de différent. Une énergie électrique traversa son être, un picotement chatouilleux vibrant dans chaque fibre de son être. C'était comme si les mots, les lettres et les phrases fusionnaient avec son essence, l'imbibant d'une nouvelle manière de percevoir la réalité.

Tout à coup, le tumulte s'apaisa. Les lettres regagnèrent leur place habituelle, les mots se réinsérèrent dans leur ordre conventionnel, et la pièce cessa son ballet psychédélique. Nicolas resta assis là, une lueur de fascination dans les yeux, le souffle court après cette tornade verbale.

Il contempla le point d'interrogation triomphant toujours présent sur la page, et il sut que quelque chose avait changé. Son voyage dans l'absurdité l'avait transformé d'une manière qu'il ne comprenait pas encore complètement. Il n'était plus seulement l'auteur de son livre sur rien, il était devenu un participant dans un monde où les frontières entre le sens et le non-sens s'estompaient.

Alors que la réalité reprenait son souffle, Nicolas ne put s'empêcher de rire une nouvelle fois. Il se rendait compte que le chaos alphabétique avait été le point de départ d'une aventure bien plus grande et imprévisible. Et dans son cœur, il ressentait une excitation croissante pour la suite de cette épopée absurde.

Le tumulte alphabétique semblait avoir pris gout à la danse enragée. Les consonnes et les voyelles se lançaient dans des pas de valse échevelée, formant des mots à la fois familiers et étrangement nouveaux. Des P se déguisèrent en D, des R devinrent des L, et même les lettres silencieuses exigèrent leur moment de gloire en sautant hors des mots comme des diables de leur boite.

Nicolas, pris dans ce tourbillon de lettres et de sons, commença à se sentir comme le chef d'orchestre d'un concert farfelu. Il dirigeait une symphonie où les instruments étaient des lettres et les partitions des mots en folie. Et, tandis qu'il agitait ses bras avec une exubérance contagieuse, les lettres répondirent à son appel avec une harmonie déconcertante.

Les mots semblaient acquérir une vie propre, s'élevant dans les airs pour former des sculptures verbales audacieuses. Des phrases s'enroulèrent autour de Nicolas comme des serpents joyeux, créant des arabesques visuelles qui semblaient défier la gravité. Les expressions idiotes et les jeux de mots anciens firent leur entrée dans ce cirque lexical, ajoutant une touche d'humour excentrique à la performance.

Nicolas lui-même se laissa emporter par ce tourbillon de mots. Il tournoyait, sautait et glissait sur le flux sinueux de la prose déchainée. Les lettres semblaient se plier à sa volonté, exécutant des acrobaties alphabétiques qui lui arrachèrent des éclats de rire incontrôlables.

Les murs de la pièce semblaient s'étirer et se rétrécir en rythme avec la danse alphabétique. Les fenêtres claquaient en cadence, ajoutant une trame sonore saugrenue à ce spectacle de folie. Les meubles se joignaient à la fête, pivotant sur une jambe, se dressant sur leurs pieds tordus et se lançant dans des pas de danse étonnamment synchronisés.

Et alors que Nicolas continuait à diriger ce carnaval de mots et de mouvements, une sensation nouvelle envahit son être. C'était comme si chaque lettre, chaque mot avait décidé de lui révéler un secret enfoui dans les confins de l'alphabet. Des jeux de mots à double sens surgirent de nulle part, suscitant des éclats de rire tant chez Nicolas que chez ses mots dansants.

Des Z glissèrent avec malice pour former des S, créant des phrases qui semblaient murmurer des secrets insaisissables à son oreille. Les lettres Y et O se rapprochèrent, créant des combinaisons qui semblaient scander « YOLO » à chaque coin de la pièce, comme une invitation à profiter de l'instant présent avec une dose supplémentaire d'absurdité.

Soudain, une nuée de lettres s'assembla devant Nicolas pour former un mot géant : « CATASTROPHE ». Mais au lieu de susciter de la peur, ce mot provoqua des éclats de rire incontrôlables. Les lettres se mirent à jongler avec des objets imaginaires, créant une farce visuelle qui démentait complètement le sens du mot lui-même.

À mesure que le chaos alphabétique continuait, Nicolas se rendit compte qu'il ne se contentait pas de diriger cette cacophonie alphabétique, il la vivait pleinement. Il se fondait dans le tourbillon de lettres et de mots, devenant lui-même une partie intégrante de cet étrange ballet. Le temps sembla s'étirer et se plier selon son bon vouloir, offrant des moments qui semblaient durer une éternité et d'autres qui s'évanouissaient comme des bulles de savon.

Finalement, après ce qui semblait être un instant infini, le tumulte commença à s'atténuer. Les lettres ralentirent leur danse frénétique, les mots reprirent leur forme conventionnelle, et la pièce retrouva un semblant de calme. Nicolas resta là, au centre de ce spectacle de non-sens, le souffle court et le cœur léger.

Il observa le point d'interrogation triomphant toujours ancré sur la page. Il avait parcouru un voyage au-delà des limites de la logique, et il en était ressorti transformé. Il n'était plus le même Nicolas qui avait débuté cette journée, mais un auteur qui avait gouté à l'essence même de l'absurde et avait découvert une nouvelle manière de raconter des histoires.

Alors que les dernières lettres reprenaient leur place dans les mots et les phrases, Nicolas sentit un profond sentiment d'accomplissement. Son exploration du néant avait ouvert une porte vers l'infini de l'imagination. Il savait désormais que, même au sein du chaos le plus total, il pouvait trouver une forme de sens et de beauté, aussi déconcertante soit-elle.

Et avec un sourire radieux, Nicolas se prépara à la suite de son aventure dans l'absurdité. Car il comprenait maintenant que l'absurde était bien plus qu'une simple échappatoire à la réalité, c'était une célébration de la créativité, de la joie et de la magie cachée dans les recoins les plus inattendus de l'univers.

Le labyrinthe de l'alphabet

Après avoir exploré les territoires de l'absurdité et de la créativité, Nicolas se trouvait désormais face à un défi encore plus excentrique. Alors qu'il contemplait le point d'interrogation triomphant sur la page, il ressentit soudainement un tourbillon d'énergie l'envelopper. Lorsqu'il ouvrit les yeux, il se trouva plongé dans un monde tout à fait inattendu.

Le paysage qui s'étendait devant lui était constitué de lettres géantes. Des A majuscules formaient les montagnes, des R se transformaient en rivières sinueuses et des M se dressaient comme des arbres majestueux. Nicolas se trouvait au cœur d'un labyrinthe construit avec les lettres de l'alphabet, une toile complexe où chaque virage le conduirait vers des contrées de sens absurde.

Il se trouvait dans le labyrinthe de l'alphabet lui-même.

Les lettres semblaient vivantes, vibrant d'une énergie joyeuse. À mesure que Nicolas avançait, les lettres s'animaient, dansaient et chantaient d'une voix mélodieuse. Les Q se balançaient en se tenant par la main, les T se pliaient en saluts élégants, et même les lettres moins fréquentes, comme le X et le Z se lançaient dans des chorégraphies audacieuses.

Nicolas ne pouvait s'empêcher de rire devant ce spectacle désopilant. Il se sentait comme un spectateur chanceux d'une pièce théâtrale extravagante, où les lettres prenaient vie pour divertir et émerveiller. Les mots semblaient se dérober sous ses pieds, se transformant en tapis volants de consonnes et de voyelles.

Alors qu'il continuait à errer dans le labyrinthe, Nicolas se rendit compte que chaque virage le menait vers une nouvelle aventure verbale. À un croisement, il fut accueilli par un groupe de L, O, U et F qui formaient un message géant : « BIENVENUE DANS LE PAYS DE L'OUF ! ». Nicolas ne put s'empêcher de sourire devant ce jeu de mots astucieux, qui semblait être le salut du pays lui-même.

À mesure qu'il avançait, Nicolas croisait des scènes et des situations tout droit sorties d'un rêve loufoque. Des groupes de lettres s'assemblaient pour jouer au football avec un point d'interrogation, tandis que d'autres formaient des défilés de mode extravagants avec des vêtements faits de lettres enrubannées. Les lettres dansaient la valse et jonglaient avec des syllabes en l'air, créant une symphonie visuelle d'une beauté déconcertante.

Nicolas ne savait plus s'il était l'auteur de cette folie alphabétique ou s'il en était le spectateur émerveillé. Chaque tournant du labyrinthe le plongeait dans une nouvelle scène farfelue, un tableau vivant où les lettres prenaient la forme d'animaux fantaisistes, de bâtiments biscornus et même d'objets du quotidien transformés en créations absurdes.

Soudain, Nicolas se retrouva face à un groupe de lettres qui formaient un escalier. Les lettres se soulevèrent et descendirent avec un rythme irrégulier, créant un escalier vivant et instable. Curieux, Nicolas grimpa sur les marches alphabétiques, et à chaque pas, il se sentit bercé par un mouvement semblable à celui d'une mer tumultueuse.

Lorsqu'il atteignit le sommet de l'escalier, il découvrit un paysage étonnant. Des lettres flottaient dans l'air, formant des iles de consonnes et de voyelles suspendues. Nicolas pouvait marcher sur les mots en suspension, sautant d'une lettre à l'autre comme s'il explorait un archipel céleste. Il s'amusait à former des combinaisons de lettres en les piétinant, créant ainsi des mots éphémères qui s'évanouissaient dès qu'il passait à la lettre suivante.

Alors qu'il explorait ce paysage onirique, Nicolas entendit une mélodie s'élever dans l'air. Les lettres se coordonnaient pour créer une symphonie de sons uniques, une musique qui semblait résonner directement avec son âme. Les voyelles chantaient des notes hautes et claires, tandis que les consonnes ajoutaient une profondeur harmonique.

Nicolas se laissa emporter par la musique alphabétique, dansant et tournoyant au rythme de cette symphonie surréaliste. Les lettres semblaient lui parler dans une langue qu'il ne comprenait pas, mais qui évoquait des émotions profondes et une joie indicible. Il se sentait en harmonie avec l'alphabet, une partie intégrante de cette danse cosmique.

Finalement, la musique s'apaisa et les lettres commencèrent à se désagréger, retournant à leur état initial. Le labyrinthe de l'alphabet semblait avoir complété son spectacle, laissant Nicolas dans un état d'émerveillement et d'épuisement joyeux. Alors qu'il reprenait son souffle, il savait que cette expérience ne serait jamais oubliée, une autre page mémorable dans le livre en perpétuelle expansion de son aventure absurde.

Nicolas était pris au piège dans le labyrinthe vivant de l'alphabet, un endroit où les règles de la logique semblaient n'avoir aucune prise. Chaque virage qu'il prenait le conduisait vers des recoins de sens absurde, où les lettres se comportaient comme des créatures farfelues, prêtes à lui révéler de nouvelles folies alphabétiques.

Alors qu'il continuait son périple dans le labyrinthe, Nicolas tomba nez à nez avec un groupe de lettres qui formaient une scène de théâtre. Les lettres s'étaient transformées en marionnettes, animées par une énergie espiègle. Elles se déplaçaient et se balançaient comme des acteurs dans une comédie musicale extravagante. Les voyelles chantaient des mélodies enjouées, tandis que les consonnes jouaient des rôles comiques avec des mimiques exagérées.

Nicolas s'installa pour regarder le spectacle alphabétique, éclatant de rire devant les performances loufoques des lettres-marionnettes. Les P faisaient des blagues avec les B, les M se déguisaient en monstres comiques et les O jouaient le rôle d'un public enthousiaste en applaudissant avec des « Ooh » et des « Aah ».

Au fur et à mesure que le spectacle se déroulait, Nicolas remarqua une lettre solitaire qui semblait être la metteuse en scène de tout le chaos alphabétique. C'était un Z majestueux qui agitait ses bras en rythme, dirigeant les autres lettres avec une autorité comique. Nicolas ne put s'empêcher de se demander ce qui se passerait si le Z décidait de lancer une mise en scène encore plus audacieuse.

Juste à ce moment-là, le Z leva les bras en l'air, et toutes les lettres se figèrent dans une pose dramatique. Nicolas sentit l'anticipation monter en lui alors que le Z ouvrit la bouche pour parler. Sa voix résonna dans l'air avec une intensité théâtrale.

« Chers spectateurs, bienvenue dans le monde de l'absurdité alphabétique ! Nous vous présentons une histoire délicieusement déjantée, où les mots ne sont que des pions dans le jeu captivant de la créativité. Préparez-vous à être émerveillés, étonnés et surtout, préparez-vous à rire ! »

Avec un geste majestueux, le Z lança le spectacle alphabétique dans une nouvelle direction. Les lettres se mirent à danser et à virevolter de manière synchronisée, créant des formes complexes et des tableaux visuels qui dépassaient l'imagination. Des mots entiers semblaient se construire et se déconstruire sous les yeux de Nicolas, une danse de signes qui évoquait des émotions profondes sans avoir besoin de sens conventionnel.

Le Z, maintenant en équilibre sur un F géant, commença à jongler avec des lettres, créant une pluie d'alphabets tourbillonnants. Les lettres volaient et rebondissaient autour de lui, formant des mots en l'air avant de retomber pour se transformer en d'autres formes encore plus étranges. C'était comme si le Z avait le pouvoir de sculpter l'alphabet en une multitude de formes éphémères.

Le spectacle atteignit son apogée avec une séquence de lumière et de couleurs. Les lettres se rassemblèrent pour former un arc-en-ciel alphabétique, chacune brillant dans une teinte différente. Nicolas était captivé par la beauté éclatante de cet arc-en-ciel de lettres, un spectacle visuel qu'aucun artiste humain ne pourrait reproduire.

Finalement, avec un geste final du Z, le spectacle prit fin. Les lettres retournèrent à leur état initial, se reposant après leur performance alphabétique. Nicolas se leva, applaudissant avec enthousiasme pour montrer son appréciation. Le Z s'inclina avec grâce, puis les lettres se dispersèrent dans toutes les directions, laissant Nicolas seul dans le labyrinthe.

Alors que la réalité reprenait son emprise, Nicolas se rendit compte à quel point cette expérience avait été extraordinaire. Le labyrinthe de l'alphabet n'était pas seulement un lieu de confusion linguistique, c'était aussi un théâtre vivant où chaque virage le conduisait vers une nouvelle dimension de l'absurdité.

Nicolas continua à errer dans le labyrinthe, se laissant porter par les surprises et les extravagances qui l'attendaient à chaque tournant. Il ne savait pas où il finirait par atterrir, mais il était sûr d'une chose : cette aventure dans le monde des lettres était bien plus qu'une simple exploration de l'alphabet. C'était une célébration de la créativité débridée, une célébration du langage dans toute sa splendeur absurde.

À mesure que Nicolas continuait à s'aventurer plus profondément dans le labyrinthe de l'alphabet, il se rendait compte que ce lieu n'était pas seulement une collection de lettres désordonnées. C'était une réalité à part entière, une dimension où les règles de la logique semblaient s'effacer devant l'imagination débordante.

Alors qu'il tournait un coin du labyrinthe, Nicolas fut soudainement entouré de lettres géantes qui semblaient vibrer avec une énergie propre. Les lettres se rassemblèrent en cercle autour de lui, formant une sorte de cercle alphabétique magique. Nicolas se retrouva au centre de cette formation, sentant une vague d'énergie le traverser.

Tout à coup, les lettres se mirent à chanter. Leurs voix se mélangeaient dans une harmonie surréaliste, créant une chanson décalée qui semblait émaner directement de l'essence de l'alphabet. Les paroles n'avaient aucun sens apparent, mais elles résonnaient avec une puissance émotionnelle qui touchait Nicolas au plus profond de son être.

Les lettres dansaient autour de lui, tourbillonnant dans une chorégraphie envoutante. Les voyelles se déplaçaient avec grâce, tandis que les consonnes sautaient et tournaient avec une énergie contagieuse. Le sol semblait vibrer en rythme avec la musique alphabétique, et Nicolas se laissa emporter par cette danse ensorcelante.

Bientôt, les lettres commencèrent à fusionner, formant des combinaisons de mots qui semblaient être de véritables sortilèges. Des étincelles colorées jaillissaient des formations de lettres, créant des étoiles filantes de sens absurde. Nicolas regarda avec émerveillement ces éclairs de lumière alphabétique, se sentant comme s'il était témoin de la naissance de nouvelles constellations dans le ciel de l'absurdité.

Alors que la danse alphabétique atteignait son apogée, Nicolas eut l'impression que les lettres se mélangeaient avec ses pensées, créant une communication directe entre lui et l'alphabet. Il sentait que les lettres l'entendaient, comprenaient ses émotions, et exprimaient des réponses à travers leurs mouvements et leurs chansons.

Soudain, une lettre particulière se détacha du cercle alphabétique et se dirigea vers Nicolas. C'était un J majestueux, qui semblait émettre une aura de sagesse ludique. Le J se posa devant Nicolas et émit un son qui ressemblait à un gloussement mélodique.

« Cher voyageur, bienvenue dans le labyrinthe de l'alphabet », dit le J d'une voix qui résonnait comme une brise légère. « Ici, les lettres sont plus que des symboles. Elles sont des portes vers des réalités nouvelles et étonnantes. Permettez-moi de vous guider à travers ce labyrinthe de sens absurde. »

Nicolas acquiesça, les yeux brillants d'excitation. Le J le conduisit à travers un autre couloir du labyrinthe, cette fois-ci bordé de lettres en mouvement constant. Les lettres formaient des tunnels tourbillonnants, des arcs de cercle qui semblaient se déplacer comme des rubans dans l'air.

Alors qu'ils traversaient ces tunnels, Nicolas sentit que la réalité était en train de se plier et de se tordre autour de lui. Les lettres se comportaient comme des miroirs déformants, reflétant des images qui n'appartenaient qu'à l'univers de l'absurdité. Nicolas se vit danser avec un A géant, jouer à cache-cache avec un C rebondissant et même jongler avec un V qui changeait constamment de taille.

Le J continua de le guider à travers ce labyrinthe vivant, lui faisant découvrir des contrées de lettres où les mots n'étaient plus restreints par les règles habituelles. Des arbres faits de Y et de W se dressaient comme des sentinelles, des rivières de lettres coulaient avec une fluidité poétique et des nuages de lettres flottaient dans le ciel, créant des tableaux changeants.

Finalement, le J conduisis Nicolas à une clairière au centre du labyrinthe. Au milieu de cette clairière, il y avait une sorte de fontaine qui semblait être faite de lettres liquides. Les lettres jaillissaient de la fontaine comme de l'eau, créant des cascades de formes et de symboles.

« Voici la Fontaine des Mots fous », déclara le J avec un sourire enjoué. « Plongez-y votre main et découvrez ce que les lettres ont à vous révéler. »

Intrigué, Nicolas plongea sa main dans la fontaine. Les lettres liquides coulaient entre ses doigts, formant des combinaisons éphémères qui semblaient s'adapter à ses émotions et à ses pensées. Il sentit un tourbillon d'images et de sensations l'envahir, une expérience sensorielle qui défiait toute description logique.

Lorsqu'il retira sa main de la fontaine, le J le regarda avec un air complice. « Les mots que vous avez touchés sont désormais une partie de votre propre histoire », dit-il. « Souvenez-vous que, dans ce labyrinthe, chaque lettre est une invitation à l'imagination et à la découverte. »

Nicolas regarda autour de lui, émerveillé par le monde d'absurdité qui l'entourait. Le labyrinthe de l'alphabet était bien plus qu'une simple collection de lettres. C'était un lieu où les mots prenaient vie, où les lettres dansaient avec une joie débordante et où le langage devenait une célébration de l'inattendu.

Alors que le J le guidait à travers le labyrinthe une dernière fois, Nicolas sut que cette expérience resterait à jamais gravée dans sa mémoire. Il avait découvert un univers de créativité infinie, un endroit où les frontières du sens et du non-sens se fondaient dans une danse enivrante.

Chapitre 3 : Rencontres farfelues

Le pingouin philosophe

Alors que Nicolas poursuivait son périple à travers le labyrinthe de l'alphabet, il se retrouva soudain face à une scène pour le moins inhabituelle. Un pingouin, vêtu d'une petite toge et portant des lunettes rondes à la manière d'un savant, se tenait là, les ailes croisées avec une expression de profonde contemplation.

« Bonjour, cher voyageur », dit le pingouin d'une voix calme, mais empreinte de gravité. « Je suis le Pingouin philosophe, et je passe mon temps à méditer sur les questions les plus profondément inutiles de l'univers. »

Nicolas ne put s'empêcher de sourire devant cette rencontre aussi absurde que fascinante. « Enchanté, Pingouin philosophe. Et quelles sont ces questions profondément inutiles dont vous parlez ? »

Le pingouin prit un air encore plus solennel et posa sa question : « Si un arbre tombe dans une forêt vide, fait-il du bruit ? »

Nicolas se frotta le menton, tentant de trouver une réponse à cette énigme étrange. Après tout, c'était là une question qui avait déjà été posée dans le monde réel, bien qu'elle ait rarement été associée à un pingouin philosophe en toge.

«Eh bien», commença Nicolas, «je suppose que… euh… si personne n'est là pour l'entendre, alors peut-être qu'il ne fait pas de bruit? Mais d'un autre côté, le bruit est une vibration dans l'air, donc, même si personne n'entend le bruit, il y aurait quand même des vibrations, non?»

Le pingouin philosophe inclina légèrement la tête, comme s'il appréciait la tentative de réponse de Nicolas. «Une réponse bien pensée, cher voyageur. Cependant, si l'arbre fait du bruit et que personne n'est là pour l'entendre, peut-on vraiment dire qu'il a fait du bruit? Ou le son n'existe-t-il que dans la perception de celui qui l'entend?»

Nicolas se sentit comme s'il était en train de plonger dans un abime de paradoxes. «C'est une question complexe, en effet», admit-il avec un sourire perplexe. «Peut-être que le bruit et la perception du bruit sont deux réalités distinctes qui coexistent, même si elles sont séparées.»

Le pingouin philosophe se mit à hocher la tête avec une expression d'approbation. «Ah, vous touchez à l'essence même des questions inutiles, mon ami. La quête du sens dans l'absurdité est une aventure qui mène souvent à des réflexions profondes sur la nature de la réalité.»

Nicolas regarda le pingouin avec un mélange d'émerveillement et d'amusement. Jamais il n'aurait pensé qu'il rencontrerait un pingouin philosophe en explorant un labyrinthe alphabétique. C'était un moment qui semblait tout droit sorti d'un rêve loufoque.

« Alors, Pingouin philosophe », dit Nicolas en souriant, « que pensez-vous du voyage que je fais à travers ce labyrinthe de lettres ? Est-ce que cela a un sens, ou est-ce simplement une série d'évènements dépourvus de signification ? »

Le pingouin inclina la tête d'un air méditatif. « Le sens est ce que vous en faites, cher voyageur. Peut-être que votre voyage à travers ce labyrinthe n'a pas de destination prédéfinit, mais il a le potentiel de vous ouvrir l'esprit à de nouvelles perspectives, à de nouvelles façons de penser. Et n'est-ce pas là la beauté de l'absurdité ? »

Nicolas réfléchit à la réponse du pingouin, sentant que ses propres pensées commençaient à s'entrelacer avec les notions de sens et de non-sens. « Vous avez raison », admit-il. « Peut-être que ce voyage n'est pas tant une quête de réponse, mais plutôt une célébration de la curiosité et de l'imagination. »

Le pingouin philosophe émit un gloussement doux. « Vous saisissez l'essence même de l'absurdité, mon ami. La quête du sens peut être une quête sans fin, mais la joie de l'exploration est ce qui compte véritablement. »

Nicolas regarda autour de lui, les lettres continuant à danser et à chanter dans le labyrinthe de l'alphabet. Il se sentait soudainement reconnaissant pour cette expérience unique, pour les rencontres farfelues et les questions inutiles qui l'avaient poussé à réfléchir au-delà des limites du conventionnel.

« Merci, Pingouin philosophe », dit Nicolas avec un sourire sincère. « Vous m'avez offert une nouvelle perspective sur ce voyage absurde, et je suis sûr que je l'emporterai avec moi à mesure que je continue à explorer cet étrange univers. »

Le pingouin philosophe inclina la tête avec grâce. « C'est moi qui vous remercie, cher voyageur. Votre présence ici a également ajouté une touche d'absurdité à ma contemplation quotidienne. Rappelez-vous toujours que la quête du sens peut être tout aussi enrichissante que la quête de réponses. »

Alors que Nicolas se préparait à reprendre son voyage à travers le labyrinthe de l'alphabet, il jeta un dernier regard au pingouin philosophe. Les questions profondément inutiles de ce personnage farfelu résonneraient dans son esprit, l'invitant à embrasser l'absurdité avec un cœur ouvert et une curiosité sans fin.

Nicolas se retrouva à nouveau plongé dans le labyrinthe de l'alphabet, les lettres toujours en mouvement autour de lui, créant un tableau vivant de non-sens et de créativité débridée. Cependant, son esprit était encore occupé par la rencontre avec le Pingouin Philosophe et les questions étranges qu'il lui avait posées.

Alors qu'il marchait entre les lettres flottantes, Nicolas ne pouvait s'empêcher de se demander si l'absurdité du monde pouvait vraiment être perçue comme une forme d'art. Après tout, la conversation avec le pingouin philosophe avait ouvert une fenêtre vers une manière différente de penser et de voir le monde. Peut-être que la quête du sens n'était qu'un voyage pour découvrir que la signification réside dans l'expérience elle-même.

Tout à coup, un bruit semblable à un tambourinement léger résonna à travers le labyrinthe. Nicolas tourna la tête et vit une petite créature qui s'approchait en sautillant d'une manière quelque peu dégingandée. C'était une sorte de mélange improbable entre un kangourou et un hibou, avec des pattes rebondissantes et des ailes encombrantes.

« Bonjour ! » lança la créature avec enthousiasme. « Je suis le Hibougarou, un explorateur des contrées inexplorées de l'absurdité ! »

Nicolas ne put s'empêcher de sourire devant la bizarrerie de cette nouvelle rencontre. « Enchanté, Hibougarou. Je m'appelle Nicolas, et je suis en train de découvrir ce labyrinthe de lettres. »

Le Hibougarou agita ses ailes maladroitement.

« Ah, le labyrinthe de l'alphabet, un endroit tout à fait délicieusement déroutant ! Vous savez, c'est ici que j'ai appris à danser la polka avec les lettres Q et Z. »

Nicolas éclata de rire. « Vraiment ? Cela doit être une danse assez excentrique. »

Le Hibougarou hocha la tête avec enthousiasme. « Oh, absolument ! Et nous avons même réussi à convaincre le point d'interrogation de se joindre à nous. Il a une manière très curieuse de se balancer au rythme de la musique. »

Nicolas imagina un point d'interrogation en train de danser et ne put s'empêcher de rire encore plus fort. Cette rencontre avec le Hibougarou était un autre exemple de l'absurdité créative qui imprégnait cet univers.

« Alors, Hibougarou », demanda Nicolas, « qu'est-ce qui vous pousse à explorer les contrées inexplorées de l'absurdité ? »

Le Hibougarou se mit à sautiller en place, ses grandes ailes battant l'air avec une sorte d'excitation contagieuse. « Eh bien, cher Nicolas, je crois que l'absurdité est la clé pour ouvrir des portes vers de nouvelles dimensions de pensée. Les questions dépourvues de réponses et les situations délicieusement illogiques nous poussent à remettre en question nos certitudes et à embrasser la magie de l'inconnu. »

Nicolas se sentait étonnamment touché par

les paroles du Hibougarou. Cette créature farfelue semblait incarner la philosophie de l'absurdité avec une joie contagieuse. Il se demanda si c'était là la véritable essence de l'exploration : se laisser entrainer dans des directions inattendues et trouver de la valeur dans l'incongru.

« Vous avez raison », dit Nicolas en souriant. « L'absurdité peut être un moyen de se libérer des schémas de pensée conventionnels et de découvrir de nouvelles perspectives. »

Le Hibougarou sautilla autour de Nicolas avec une énergie débordante. « Exactement ! Et je suis toujours à la recherche de compagnons d'aventure qui sont prêts à sauter dans l'inconnu avec moi. Alors, qu'en dites-vous, cher Nicolas ? Êtes-vous prêt à danser avec les consonnes et à jongler avec les voyelles ? »

Nicolas contempla les lettres flottantes autour de lui, se demandant ce que le Hibougarou avait en tête. Puis, avec un sourire audacieux, il hocha la tête. « Je suis prêt. Faisons de cet instant un pas de danse dans le royaume de l'absurdité. »

Le Hibougarou poussa un cri de joie, et les lettres autour d'eux commencèrent à s'agiter avec encore plus d'excitation. Les consonnes se mirent à sautiller en rythme, les voyelles tournoyèrent dans les airs, et, bientôt, Nicolas et le Hibougarou se retrouvèrent au cœur d'une danse alphabétique extravagante.

Alors que Nicolas se laissait emporter par la mélodie joyeuse des lettres et la spontanéité du moment, il réalisa que chaque rencontre farfelue et chaque question absurde étaient des invitations à s'immerger dans l'expérience avec un esprit ouvert et une attitude ludique. Peut-être que la véritable sagesse résidait dans la capacité à embrasser le non-sens et à en faire une source de joie.

La suite de l'aventure mena Nicolas à travers une série d'expériences tout aussi absurdes et fascinantes. Après sa rencontre avec le Hibougarou, il se retrouva à nouveau face à une situation étonnante.

Alors qu'il se promenait dans le labyrinthe de lettres, un petit pingouin à l'air sérieux se matérialisa devant lui. Ses yeux semblaient refléter toute la profondeur de l'univers, et son bec pointu semblait prêt à percer les mystères les plus profonds de l'existence.

« Bonjour », dis le pingouin d'un ton calme et réfléchi. « Je suis le Pingouin Philosophe. »

Nicolas salua le pingouin avec un sourire. « Enchanté. Je suis Nicolas. Que fait un pingouin philosophe dans un endroit comme celui-ci ? »

Le Pingouin Philosophe inclina légèrement la tête. « Cher Nicolas, je suis ici pour explorer les méandres de la pensée humaine et pour poser des questions qui ne mènent nulle part et partout à la fois. »

Nicolas arqua un sourcil. «Des questions qui ne mènent nulle part et partout ?»

Le pingouin hocha la tête. «Exactement. Les questions profondément inutiles qui défient la logique et éclairent la beauté de l'absurdité. Voyez-vous, Nicolas, l'absurdité est un miroir qui nous montre à quel point notre quête de sens peut parfois nous égarer.»

Curieux, Nicolas demanda : «Pouvez-vous me donner un exemple de ces questions profondément inutiles ?»

Le Pingouin philosophe sourit et dit : «Si un arbre tombe dans une forêt vide, fait-il du bruit ?»

Nicolas réfléchit un instant. «Eh bien, je suppose que oui. Même si personne n'est là pour l'entendre, il produit toujours des vibrations sonores, non ?»

Le pingouin secoua doucement la tête. «Ah, Nicolas, c'est là que réside la merveille de cette question. Le bruit n'est pas seulement une vibration physique, mais une perception auditive. Si personne n'est là pour l'entendre, peut-on réellement dire qu'il y a du bruit ?»

Nicolas sentit son esprit tourbillonner légèrement. «C'est vrai, c'est une question déroutante.»

Le Pingouin Philosophe sourit encore plus largement. «Exactement. C'est dans ces questions que la pensée humaine peut se perdre, se tourner en rond, et finalement trouver une certaine libération.

Quand on réalise que le non-sens peut coexister avec le sens, on atteint un état d'harmonie avec le mystère de l'existence. »

Nicolas commença à voir la profondeur de la philosophie du Pingouin Philosophe. C'était comme si chaque question absurde agissait comme un catalyseur pour élargir l'esprit et briser les barrières de la pensée conventionnelle.

« Je commence à comprendre », dit Nicolas. « Ces questions peuvent sembler futiles, mais elles ouvrent des portes vers des perspectives nouvelles et surprenantes. »

Le pingouin acquiesça. « Exactement, Nicolas. Et dans le tourbillon de l'absurdité, nous trouvons une connexion profonde avec notre créativité et notre capacité à imaginer au-delà des limites conventionnelles. »

Alors que le pingouin parlait, les lettres autour d'eux commencèrent à prendre vie, créant des formes étranges et des motifs hypnotisants dans l'air. Nicolas se sentit enveloppé par une énergie qui semblait le lier à l'univers tout entier.

« Je vous remercie, Pingouin philosophe, pour cette conversation éclairante », dit Nicolas avec gratitude.

Le pingouin inclina la tête. « Le plaisir est partagé, cher Nicolas. Souvenez-vous, même si les questions sont dépourvues de réponses claires, elles nous invitent à explorer l'inconnu et à embrasser la danse chaotique de l'existence. »

Le Pingouin Philosophe s'éloigna alors, disparaissant aussi mystérieusement qu'il était apparu. Nicolas se retrouva de nouveau entouré par les lettres mouvantes du labyrinthe, réfléchissant sur les rencontres farfelues qu'il avait faites.

Alors qu'il continuait son périple, il comprenait de plus en plus que l'absurdité n'était pas seulement une fuite de la réalité, mais une invitation à la célébrer sous toutes ses formes étranges et magnifiques. Chaque expérience, chaque question déroutante, chaque rencontre farfelue ajoutait une touche unique à son livre sur rien, et il était impatient de voir où cette aventure le mènerait ensuite.

Le nuage de chaussettes

Alors que Nicolas poursuivait son voyage à travers les méandres de l'absurdité, il fut témoin d'un phénomène céleste des plus étonnants. Alors qu'il levait les yeux vers le ciel, il remarqua qu'un nuage en forme de chaussette flottait paisiblement parmi les nuages blancs. Cette vision inattendue fit naitre un sourire sur son visage déjà illuminé par tant de découvertes extravagantes.

Le nuage de chaussettes était d'un blanc éclatant, avec des coutures soigneusement dessinées qui imitaient parfaitement le motif de tissage d'une chaussette. Nicolas ne put s'empêcher de rire en imaginant l'absurdité de la scène. « Un nuage en forme de chaussette ? Voilà qui est tout à fait surprenant. »

Alors que Nicolas observait avec amusement le nuage insolite, quelque chose d'étonnant se produisit. Des chaussettes commencèrent à tomber du ciel comme des gouttes de pluie. Mais ce n'étaient pas des gouttes d'eau ordinaires. C'étaient des chaussettes de toutes les couleurs et de toutes les tailles imaginables.

Des chaussettes rayées, des chaussettes à pois, des chaussettes avec des motifs audacieux, des chaussettes longues et des chaussettes courtes. C'était comme si le ciel avait décidé de faire un grand ménage de printemps dans un placard à chaussettes géant.

Nicolas éclata de rire en voyant la pluie de chaussettes tomber autour de lui. C'était une scène tout à fait absurde et hilarante. Il leva les bras et se laissa bercer par la cascade de chaussettes qui l'entourait. Les chaussettes se posaient sur sa tête, sur ses épaules, sur ses bras, créant une ambiance tout à fait cocasse.

Certaines chaussettes semblaient danser dans les airs avant de trouver leur chemin jusqu'au sol. D'autres semblaient flotter au gré du vent, comme si elles avaient décidé de prendre leur envol pour une aventure de ciel en chaussette. Nicolas se retrouva à essayer d'attraper quelques chaussettes au vol, comme s'il participait à un jeu de cible improvisé.

« Bienvenue dans le monde de l'absurdité à ciel ouvert », murmura-t-il avec un sourire radieux. Les rires continuaient à jaillir de lui alors qu'il se trouvait au milieu de cette pluie de chaussettes extravagante. C'était comme si le ciel lui-même avait décidé de participer à la célébration joyeuse de l'absurdité.

Après un moment, la pluie de chaussettes ralentit, et le nuage en forme de chaussette se dissipa doucement, laissant derrière lui un ciel serein. Les chaussettes déjà tombées couvraient maintenant le sol, créant un tapis coloré et fantaisiste.

Nicolas s'assit parmi les chaussettes, observant les motifs et les couleurs avec fascination. C'était comme si chaque chaussette avait sa propre histoire à raconter, et il se mit à imaginer les aventures qu'elles avaient pu vivre avant de tomber du ciel. Une chaussette à rayures pourrait avoir été portée lors d'une course folle à travers un parc, tandis qu'une chaussette à pois pouvait avoir dansé toute la nuit dans une fête extravagante.

Alors qu'il contemplait le tapis de chaussettes, une idée farfelue germa dans l'esprit de Nicolas. Il commença à rassembler les chaussettes, les enroulant, les pliant et les arrangeant de manière artistique. Bientôt, il avait créé une série de sculptures étonnantes faites de chaussettes enchevêtrées. Un serpent multicolore ondulait à côté d'un arbre de chaussettes, tandis qu'un oiseau abstrait semblait prêt à prendre son envol.

Nicolas observa son œuvre avec satisfaction, un éclat de créativité dans les yeux. Il était émerveillé par la manière dont l'absurdité pouvait transformer les objets les plus ordinaires en quelque chose de complètement extraordinaire. C'était comme si le nuage de chaussettes avait libéré une énergie artistique qu'il n'avait jamais ressentie auparavant.

Alors que le soleil commençait à se coucher,

Nicolas se leva et admira une dernière fois ses sculptures de chaussettes. Il avait l'impression d'avoir participé à une collaboration folle avec le ciel lui-même, transformant une pluie de chaussettes en une galerie d'art éphémère et excentrique.

« Qui aurait pensé que les chaussettes pourraient être si inspirantes ? », murmura-t-il en souriant. Alors que la nuit tombait doucement et que les étoiles s'allumaient une à une dans le ciel, Nicolas se sentit rempli d'une gratitude pour toutes les étrangetés qu'il avait rencontrées au cours de son voyage. Chaque moment, chaque rencontre, chaque expérience contribuait à créer le tissu même de son livre sur rien, une histoire de non-sens tissée avec des fils de joie et d'absurdité.

Alors que Nicolas se laissait absorber par le merveilleux chaos des chaussettes qui pleuvaient du ciel, il réalisa soudain qu'il n'était pas seul dans ce spectacle insolite. À quelques pas de lui, un groupe de personnes avait également levé les yeux vers le ciel, ébahi devant la pluie colorée de chaussettes qui tombait.

Parmi eux se trouvait une jeune femme aux cheveux violets et aux lunettes en forme d'étoiles, qui riait aux éclats tout en essayant d'attraper quelques chaussettes en vol. À côté d'elle, un homme barbu portant un chapeau haut de forme était en train de tisser une couronne de chaussettes autour de sa tête. Un petit garçon sautait joyeusement parmi les chaussettes, comme s'il jouait dans un champ de fleurs multicolores.

Nicolas ne put s'empêcher de sourire en voyant cette joyeuse assemblée. Il se joignit à eux, attrapant des chaussettes au vol et les lançant dans les airs avec enthousiasme. Bientôt, ils formaient une petite troupe de danseurs, sautant et tournoyant parmi les chaussettes en pluie, créant leur propre spectacle excentrique.

Les chaussettes continuaient de tomber du ciel avec une insouciance délicieuse, comme si elles avaient décidé de transformer le ciel en leur propre terrain de jeu. Nicolas se retrouva à jongler avec des chaussettes de tailles différentes, créant des figures acrobatiques inattendues qui faisaient rire les autres membres de la troupe.

La jeune femme aux cheveux violets s'approcha de Nicolas avec un large sourire. « Je m'appelle Luna. N'est-ce pas le spectacle le plus étrange et merveilleux que nous ayons jamais vu ? »

« Absolument ! Je suis Nicolas. C'est incroyable de voir comment quelque chose d'aussi simple que des chaussettes peut apporter tant de joie et d'excitation », répondit Nicolas en riant.

Luna hocha la tête avec enthousiasme. « C'est ce que j'adore dans ce monde absurde. Les petites choses ordinaires deviennent soudainement extraordinaires.

Et puis, qui aurait cru que les chaussettes pourraient nous unir de cette manière ? »

Les autres membres de la troupe se joignirent à la conversation, partageant des rires et des histoires de leurs propres aventures absurdes. L'homme au chapeau haut de forme raconta comment il avait utilisé des chaussettes pour créer des marionnettes impromptues et divertir les passants dans la rue. Le petit garçon expliqua comment il avait fait des chaussettes de neige pour un bonhomme de neige en plein été.

Alors que la nuit enveloppait peu à peu le ciel et que la pluie de chaussettes ralentissait, la troupe se rassembla pour admirer leur création collective. Les chaussettes jonchaient le sol dans une mosaïque de couleurs et de motifs, témoignant de l'énergie créative et de la camaraderie partagée.

« Regardez ce que nous avons fait ensemble », dit Luna avec émerveillement. « Nous avons transformé cette pluie de chaussettes en une œuvre d'art commune. C'est comme si nous avions participé à une danse céleste de chaussettes. »

Nicolas sourit en acquiesçant. « C'est exactement cela. Nous avons la capacité de trouver la beauté et la magie même dans les choses les plus banales et les plus inattendues. »

Alors que le dernier rayon de soleil disparaissait à l'horizon, Luna proposa une idée encore plus absurde.

«Et si nous utilisions ces chaussettes pour créer une fresque géante sur un mur de la ville ? Une fresque de chaussettes pour rappeler à tous que l'absurdité peut être une source d'inspiration et de joie.»

Le groupe s'enthousiasma pour l'idée, et ensemble, ils commencèrent à ramasser les chaussettes, les arrangeant pour former une fresque colorée et dynamique sur un mur voisin. Les chaussettes se transformaient en lignes sinueuses, en spirales tourbillonnantes et en formes abstraites qui semblaient raconter une histoire de non-sens.

Alors que la fresque prenait forme, Nicolas se sentit à la fois ému et énergisé. Il réalisait que cette expérience était bien plus qu'une simple aventure absurde. C'était une célébration de la créativité, de la spontanéité et de la connexion entre des esprits farfelus.

Une fois la fresque achevée, le groupe se recula pour l'admirer. Une explosion de couleurs et de motifs s'étalait devant eux, capturant l'esprit même de Nonsenville. La fresque de chaussettes était devenue un symbole tangible de la manière dont les éléments les plus inattendus pouvaient se combiner pour créer quelque chose de magnifique.

Alors que les étoiles brillaient au-dessus d'eux, Nicolas se sentit reconnaissant pour ce voyage absurde qui l'avait conduit à des rencontres et des expériences inoubliables. Il avait découvert que l'absurdité n'était pas seulement une curiosité, mais une philosophie de vie qui invitait à embrasser l'imprévisible avec un cœur ouvert et un esprit curieux.

Le lendemain matin, Nicolas se réveilla avec un sourire radieux. La journée s'annonçait comme une toile vierge, prête à être remplie d'absurdités et de surprises. Alors qu'il déjeunait, il observa par la fenêtre et constata que le ciel était étonnamment agité.

Un nuage en forme de chaussette flottait dans le ciel, comme s'il avait été tiré directement de l'imagination d'un artiste farfelu. Nicolas cligna des yeux, se demandant s'il était en train de rêver. Mais non, le nuage était bien là, défiant les conventions de la météorologie avec son allure cocasse.

Et puis, sans avertissement, les premières gouttes commencèrent à tomber. Mais ce n'était pas de l'eau ordinaire qui tombait du ciel, c'étaient des chaussettes. Des chaussettes de toutes les couleurs et de toutes les tailles, descendant en tourbillons depuis le nuage insolite.

Les passants dans la rue s'arrêtèrent, les yeux levés vers le ciel avec des expressions d'étonnement et de rire. Bientôt, les trottoirs étaient jonchés de chaussettes de toutes sortes. Il y avait des chaussettes rayées qui semblaient danser en l'air, des chaussettes à pois qui tournoyaient comme des toupies et même des chaussettes brillantes qui scintillaient comme des étoiles filantes.

Nicolas ne put s'empêcher de rire en levant les bras, laissant les chaussettes tomber sur lui comme une pluie de confettis absurde. Il se sentait comme un personnage tout droit sorti d'un conte farfelu, se tenant au milieu de cette averse de chaussettes.

Il rejoignit les habitants de Nomsenville qui s'amusaient à attraper les chaussettes en plein vol, comme s'ils participaient à une étrange fête improvisée. Les rires résonnaient dans les rues alors que les gens se lançaient des chaussettes comme des balles, créant une ambiance de carnaval totalement déjanté.

Soudain, Nicolas remarqua quelque chose d'encore plus inhabituel. Les chaussettes semblaient prendre vie, se tortillant et se tordant comme des créatures animées. Une chaussette verte se mit à danser le tango avec une chaussette rose, tandis qu'une paire de chaussettes à rayures se lançait dans une course folle autour d'un réverbère.

Un groupe de chaussettes forma même un mini-orchestre, produisant des sons bizarres en sautillant sur des pavés spécifiques. Nicolas éclata de rire en les regardant jouer leur mélodie loufoque, se demandant comment une simple averse de chaussettes pouvait se transformer en un spectacle aussi hilarant.

Alors que la journée avançait, le nuage de chaussettes commença à se dissiper lentement, laissant derrière lui un ciel dégagé et une ville décorée de chaussettes colorées. Les gens se rassemblèrent pour ramasser les chaussettes tombées et les suspendre aux arbres, créant ainsi une installation artistique éphémère et totalement absurde.

Nicolas regarda autour de lui avec un sentiment d'émerveillement. La vie à Nomsenville était vraiment imprévisible et extraordinaire. Chaque journée apportait son lot d'étrangetés et de surprises, transformant la réalité en un terrain de jeu pour les esprits les plus farfelus.

Alors qu'il se promenait dans les rues, des chaussettes multicolores flottant au-dessus de lui comme des guirlandes bizarres, Nicolas réalisa que cette aventure folle était bien plus qu'un simple défi pour écrire un livre sur rien. C'était une célébration de l'absurdité, de la créativité et de la joie d'embrasser l'inconnu avec un sourire radieux.

Et ainsi, avec les souvenirs du nuage de chaussettes gravés dans son esprit, Nicolas continua sa vie dans la ville de Nomsenville, prêt à accueillir chaque nouvelle absurdité avec un cœur ouvert et une âme curieuse.

Chapitre 4 : Aventures délirantes

La course des animaux

Nicolas se réveilla un matin avec une sensation d'excitation dans l'air. Il savait que quelque chose d'étrange et de délirant se préparait dans la ville de Nomsenville. En sortant de sa maison aux fenêtres asymétriques, il fut accueilli par des affiches colorées qui annonçaient un évènement unique : la course des animaux.

Curieux et intrigué, Nicolas se dirigea vers le lieu de l'évènement, où une foule exubérante se rassemblait déjà. Des éclats de rire et des conversations animées emplissaient l'atmosphère, créant une énergie contagieuse de joie et d'anticipation.

Le parc avait été transformé en une piste de course extravagante, avec des obstacles absurdes et des détours délirants. Au centre de la piste se tenait un grand panneau avec la liste des participants, et c'était là que Nicolas découvrit la nature véritablement délirante de cet évènement.

Les concurrents de la course n'étaient pas des

athlètes humains, mais des animaux farfelus. Un cochon rose portant un chapeau haut de forme, une chèvre à lunettes de soleil, un kangourou avec une casquette à hélice… Chaque animal était affublé d'un chapeau ridicule, ce qui ne faisait qu'ajouter à l'atmosphère déjantée de la compétition.

Nicolas se frotta les yeux, persuadé qu'il devait être en train de rêver. Mais non, la réalité devant lui était bien plus absurde que tout ce qu'il aurait pu imaginer. Il se joignit à la foule, se mêlant aux rires et aux conversations excitées des spectateurs.

La course allait bientôt commencer, et les paris allaient bon train. Les spectateurs pariaient sur lequel de ces animaux improbables franchirait la ligne d'arrivée en premier. Nicolas ne put s'empêcher de sourire en voyant à quel point tout le monde était pris dans l'esprit loufoque de l'évènement.

Le coup de départ retentit, et la piste s'anima instantanément. Les animaux aux chapeaux ridicules bondirent, galopèrent et sautèrent à travers les obstacles, créant une scène qui aurait pu être tirée tout droit d'un rêve absurde. Le cochon rose trébucha sur une patte de poulet géante, la chèvre se mit à danser le french cancan autour d'un cactus, et le kangourou tenta de décoller avec son chapeau à hélice.

Nicolas était fasciné par le spectacle devant lui. Il se laissa emporter par l'excitation ambiante, encourageant les animaux avec des cris et des applaudissements frénétiques. Le rythme effréné de la course, combiné à l'absurdité des concurrents, créait une ambiance de jubilation contagieuse.

Alors que la ligne d'arrivée se rapprochait, la tension montait parmi les spectateurs. Les paris étaient lancés, et chacun avait son favori. Certains avaient misé sur le pingouin qui glissait sur des peaux de bananes, tandis que d'autres soutenaient le lézard jongleur de pommes.

Finalement, un cri de victoire retentit dans la foule. Le gagnant de la course était un raton laveur habillé en explorateur, qui avait franchi la ligne d'arrivée en faisant une roue acrobatique. Les spectateurs éclatèrent en applaudissements et en rires, saluant le raton laveur triomphant.

Nicolas se joignit à l'ovation, ravi d'avoir été témoin d'une telle aventure délirante. Les animaux, épuisés, mais visiblement satisfaits, recevaient des câlins et des caresses de leurs propriétaires. Les paris furent réglés, et l'atmosphère de célébration envahit tout le parc.

Alors que la foule se dispersait peu à peu, Nicolas se sentit rempli d'une joie inexplicable. Cette course extravagante lui avait montré à quel point le non-sens pouvait être source de bonheur et de rire. Il réalisa que chaque moment passé à Nonsenville était une invitation à embrasser l'absurdité de la vie et à se laisser emporter par la magie de l'imprévisible.

Alors, avec un sourire radieux et le souvenir des animaux aux chapeaux ridicules dansant dans son esprit, Nicolas quitta le parc. La ville de Nomsenville lui réservait encore bien des aventures délirantes, et il était plus que prêt à les vivre pleinement.

Nicolas se retrouva rapidement pris dans l'excitation de l'évènement. Alors qu'il observait les animaux farfelus s'affairer sur la piste, il ressentit soudain une main se poser sur son épaule. En se retournant, il fit face à un homme habillé de manière extravagante, arborant un chapeau en forme de tarte à la crème et une cravate en forme de spaghetti.

« Ah, vous devez être le nouveau venu, Nicolas ! Je suis le Maitre de Cérémonie absurde », déclara-t-il d'un ton théâtral.

Nicolas ne put s'empêcher de sourire. Chaque coin de Nomsenville semblait être habité par des personnages tout droit sortis d'un rêve loufoque.

« Enchanté, Maitre de Cérémonie absurde », répondit Nicolas en s'inclinant avec exagération.

« Votre enthousiasme est contagieux, cher Nicolas ! Dites-moi, avez-vous déjà parié sur lequel de nos concurrents excentriques va l'emporter ? » demanda le Maitre de Cérémonie en lui tendant un formulaire de pari orné de paillettes.

Nicolas prit le formulaire avec amusement. Les noms des animaux étaient tous accompagnés de descriptions aussi farfelues que leurs chapeaux.

« Je vais parier sur le pingouin jongleur de ballons », décida-t-il en pointant le nom sur le formulaire.

Le Maitre de Cérémonie applaudit joyeusement. « Excellent choix, cher Nicolas ! Que l'absurdité soit avec vous ! »

Nicolas remit le formulaire et regarda avec anticipation la suite de la course. Les animaux continuaient de se démener avec énergie, créant des scènes de chaos hilarant. Le lapin jongleur de pastèques jonglait maladroitement, le perroquet en tutu chantait des chansons d'opéra, et le chat en haut-de-forme faisait des cabrioles élégantes.

Finalement, après une série de rebondissements burlesques, le pingouin jongleur de ballons prit une avance impressionnante. Les ballons colorés flottaient autour de lui alors qu'il glissait avec agilité à travers les obstacles.

La foule hurlait d'excitation, les paris se faisant de plus en plus bruyants à mesure que le pingouin se rapprochait de la ligne d'arrivée. Nicolas sentait son cœur battre la chamade, pris dans le tourbillon d'émotions de la foule.

Et puis, avec une dernière acrobatie époustouflante, le pingouin franchit la ligne d'arrivée. La foule éclata en applaudissements, en cris de joie et en éclats de rire. Les spectateurs récoltaient leurs paris avec des sourires triomphants, tandis que le

Maitre de Cérémonie absurde annonçait le vainqueur d'une voix théâtrale.

Nicolas se joignit à la célébration, ses rires se mêlant à ceux de tous les autres. Il se sentait vivant d'une manière nouvelle et rafraichissante, comme s'il avait été emporté dans un monde où le rire et le plaisir étaient la norme.

Après la course, il y eut une fête extravagante pour célébrer le vainqueur et les participants. Les animaux se prélassaient dans leurs chapeaux farfelus, les spectateurs dansaient au rythme de la musique absurde et les rires remplissaient l'air comme des bulles de joie éclatante.

Le Maitre de Cérémonie absurde s'approcha de Nicolas avec un grand sourire. « Eh bien, cher Nicolas, avez-vous apprécié notre course délirante ? »

Nicolas rit, le visage rayonnant. « C'était incroyablement amusant ! J'ai rarement ri autant de ma vie. »

Le Maitre de Cérémonie hocha la tête avec satisfaction. « C'est ça, l'esprit de Nomsenville ! Ici, chaque jour est une nouvelle aventure délirante. Nous croyons en l'importance de laisser aller la logique et de se laisser emporter par le plaisir absurde. »

Nicolas observa autour de lui, absorbant l'atmosphère joyeuse de la fête. Il réalisa que Nonsenville était bien plus qu'une simple ville excentrique. C'était un endroit où l'imagination n'avait pas de limites, où les rires étaient la monnaie courante et où chaque coin de rue réservait une nouvelle surprise déjantée.

Alors que la fête battait son plein, Nicolas se joignit aux danses échevelées, aux conversations loufoques et aux rires en cascade. Il se sentait en harmonie avec l'esprit de la ville, prêt à embrasser chaque aventure délirante que Nomsenville avait à offrir.

La fête se prolongea dans l'après-midi, avec des jeux de foire extravagants et des stands de nourriture délicieusement farfelus. Nicolas se laissa emporter par l'ambiance joyeuse, essayant toutes sortes de gourmandises excentriques, comme des glaces aux saveurs de licorne et des hotdogs enroulés dans des écharpes en tricot.

Alors que le soleil se couchait sur Nomsenville, la foule se rassembla à nouveau près de la piste de course. Cette fois, c'était pour célébrer les participants eux-mêmes. Les animaux concurrents furent couronnés de chapeaux encore plus extravagants, ornés de rubans chatoyants et de plumes multicolores.

Le chat en chapeau-gâteau se démarquait avec sa couronne en forme de cerise, tandis que le lapin portait fièrement une couronne de carottes et le perroquet se pavanait avec un chapeau de pirate encore plus brillant. Chacun d'entre eux semblait fier de son titre de participant et de leur nouvelle notoriété au sein de la ville délirante.

La cérémonie se termina par une performance musicale déjantée, avec des instruments étranges et des chansons aux paroles aussi absurdes que les évènements de la journée. Nicolas se joignit aux festivités, dansant au rythme des mélodies loufoques et riant avec les autres spectateurs.

Alors que la nuit tombait sur Nomsenville, la ville s'illumina de lumières colorées et de feux d'artifice éclatants. Nicolas se retrouva à regarder le ciel étoilé, les souvenirs de cette journée incroyable remplaçant peu à peu la fatigue dans son esprit.

Il se rappela le point de départ, son désir d'écrire un livre sur rien, et réalisa que chaque expérience, chaque rencontre farfelue, chaque aventure délirante avait contribué à cette histoire en constante évolution. Son voyage à travers l'absurdité l'avait transformé, lui offrant un regard neuf sur le monde qui l'entourait.

Alors que les derniers feux d'artifice éclataient dans le ciel nocturne, Nicolas sourit en pensant à tout ce qu'il avait vécu. Le point d'interrogation bleu sur la première page de son livre sur rien avait été le point de départ d'une épopée totalement déjantée, une aventure imprévisible qui l'avait plongé dans un univers où le non-sens était roi.

À présent, avec un cœur léger et un esprit ouvert à toutes les possibilités, Nicolas savait que son voyage dans l'absurdité était loin d'être terminé.

Les rues animées, les personnages farfelus et les évènements délirants de Nomsenville l'appelaient encore, l'invitant à découvrir de nouveaux chapitres de son histoire sur rien.

Et avec cette pensée, Nicolas se laissa emporter par le charme loufoque de la nuit, sachant que demain serait une nouvelle journée d'aventures insensées, prêtes à être explorées dans la ville où l'absurde était roi.

Le monde à l'envers

Après avoir quitté le tumulte de la course des animaux, Nicolas se retrouva sur un sentier qui semblait étrangement différent. Les arbres semblaient pencher dans des directions improbables, et les oiseaux étaient perchés sur le sol au lieu des branches. Intrigué, Nicolas continua d'avancer, se demandant ce qui pouvait bien se passer.

À mesure qu'il progressait, il remarqua que les nuages semblaient descendre vers le sol, formant un étrange tapis blanc au-dessus de sa tête. Puis, il vit quelque chose de complètement inattendu : des poissons colorés volant gracieusement dans le ciel. Ils battaient leurs nageoires avec élégance, se déplaçant à travers les airs avec une aisance surprenante.

« Est-ce que j'ai marché dans un tableau de rêve ? », se demanda Nicolas, clignant des yeux pour s'assurer qu'il ne rêvait pas éveillé. Mais la réalité insolite qui l'entourait ne faisait que confirmer qu'il avait pénétré dans un endroit où les lois de la physique semblaient avoir été inversées.

Alors qu'il continuait son chemin, Nicolas aperçut un groupe d'oiseaux plongeant dans une rivière à proximité. C'était une vision tout à fait surréaliste : les oiseaux, habituellement maitres du ciel, nageaient dans l'eau comme des poissons. Ils agitaient leurs ailes en guise de nageoires, leurs plumes flottant à la surface.

Un canard, doté de branchies, lui lança un regard curieux tandis qu'il flottait à la surface de l'eau. « Bonjour ! », s'exclama-t-il d'une voix fluette.

Nicolas ne put s'empêcher de rire. « Bonjour ! C'est vraiment… inhabituel ici, n'est-ce pas ? »

« En effet ! Mais c'est ce qui rend cet endroit si spécial », répondit le canard en secouant la tête, provoquant des gouttes d'eau à la manière d'un chien secouant son pelage.

Alors qu'il poursuivait son exploration, Nicolas découvrit une scène encore plus déconcertante : des arbres dont les racines pointaient vers le ciel, se balançant doucement comme des mobiles inversés. Les branches souterraines s'étiraient vers le sol, se ramifiant dans le sol comme des coraux.

Puis, il croisa le chemin d'un écureuil qui marchait la tête en bas le long d'une branche souterraine. L'écureuil lui fit un signe de la patte, les poils de sa queue dressés en l'air. « N'oublie pas de regarder où tu marches, ami humain ! Les choses sont à l'envers ici. »

« Merci pour l'avertissement », dit Nicolas en levant les yeux vers le ciel où les poissons volants continuaient leur ballet aquatique. « Je vais faire de mon mieux pour m'adapter. »

Alors qu'il se frayait un chemin à travers ce paysage complètement renversé, Nicolas se rendit compte que même ses pas semblaient résonner différemment. Chaque pas créait une mélodie douce et mélancolique, comme si la terre elle-même était une partition musicale inversée.

Finalement, Nicolas arriva au bord d'une rivière où des oiseaux aux couleurs éclatantes plongeaient depuis les arbres pour attraper des poissons. Le spectacle était captivant, une danse aquatique orchestrée par des créatures qui semblaient avoir oublié qu'elles étaient censées voler.

Alors qu'il contemplait cette scène insolite, Nicolas sentit son esprit s'ouvrir à de nouvelles possibilités. Ce monde à l'envers était une célébration de l'absurdité et de la créativité, un lieu où les règles normales semblaient n'avoir aucun pouvoir. Il avait déjà vécu tant d'aventures délirantes à Nomsenville, mais cette région avait quelque chose de vraiment spécial.

Alors que la journée avançait et que le soleil inversé se couchait à l'horizon, Nicolas continua à explorer ce monde à l'envers. Il croisa des lapins qui lisaient des livres en se tenant sur leurs pattes avant, des grenouilles chantant des duos avec les étoiles et des papillons planant au-dessus du sol comme s'ils flottaient dans l'espace.

À mesure qu'il s'aventurait plus profondément dans cette contrée d'absurdité, Nicolas se rendit compte qu'il n'avait aucune idée de ce qui l'attendait ensuite. Mais cela ne le découragea pas. Au contraire, il était impatient de voir quelles nouvelles merveilles inversées il pourrait découvrir dans ce monde étonnant.

Plus Nicolas explorait ce monde renversant, plus il réalisait que tout pouvait surprendre ici. Les règles de la réalité semblaient être devenues des lignes floues et mouvantes, invitant l'imagination à danser avec elles. Les couleurs étaient plus vives, les sons plus mélodieux, et chaque rencontre était une nouvelle occasion de s'émerveiller.

Alors qu'il marchait le long d'une route sinueuse, Nicolas aperçut un écureuil tenant une petite pancarte. Intrigué, il s'approcha pour lire ce qui était écrit. « Spectacle d'Équilibre étonnant ! Regardez les poissons jongler avec des vers de terre ! »

Intrigué, Nicolas suivit la flèche indiquée et arriva à une clairière où une scène de cirque totalement absurde se déroulait. Des poissons aux couleurs chatoyantes, suspendus dans les airs par des fils invisibles, jonglaient avec des vers de terre en riant joyeusement. Les spectateurs applaudissaient et riaient à gorge déployée, captivés par ce spectacle insensé.

« Voyez-vous, ici, les poissons sont d'excellents jongleurs », expliqua un lapin à côté de Nicolas. « Et les vers de terre adorent être les stars du spectacle ! »

Nicolas éclata de rire en observant la jonglerie étonnante. Rien de tout cela n'aurait pu être prédit ou même imaginé dans le monde normal. C'était comme si chaque élément de la réalité avait subi une transformation comique, créant un univers où l'extraordinaire était la norme.

Alors qu'il continuait son chemin, Nicolas tomba sur un groupe de tortues portant des ailes d'ange. Elles semblaient prêtes à s'envoler à tout moment, mais au lieu de cela, elles marchaient lentement sur le sol. L'une d'elles sourit à Nicolas et dit d'une voix douce : « Nous aspirons toujours à de grandes hauteurs, même si nous sommes attachées à la terre. »

Nicolas s'inclina poliment devant les tortues et continua sa route. Il remarqua bientôt une assemblée de grenouilles en cercle, leurs voix mélodieuses s'élevant dans une harmonie étonnante. Elles chantaient des chansons sur les étoiles, les rêves et les aventures. Les étoiles, quant à elles, brillaient dans le ciel en tintant comme des clochettes musicales.

Lorsqu'il arriva à un pont traversant une rivière, Nicolas fut surpris de voir des poissons nageant dans les airs au lieu de l'eau. Ils nageaient gracieusement, se déplaçant comme des poissons volants dans leur élément naturel. Un castor flottait à la surface, construisant un barrage dans l'air en utilisant des brindilles et des feuilles.

« Bonjour ! Tu veux nous rejoindre pour une partie de pêche aérienne ? », demanda un saumon en souriant.

Nicolas secoua la tête, riant. « Cela semble tentant, mais je ne sais pas nager dans les airs. »

« Ce n'est pas un problème ici ! Tu apprendras vite », répondit le saumon avec un clin d'œil.

Alors que Nicolas continuait son périple à travers ce monde délirant, il se rendit compte qu'il avait perdu toute notion du temps. Les moments semblaient se plier et s'étirer comme des élastiques, créant une expérience intemporelle où chaque instant était une nouvelle aventure.

Alors qu'il s'asseyait sous un arbre inversé, Nicolas réfléchit à tout ce qu'il avait vu et vécu. Ce monde à l'envers était un rappel vivant que l'imagination pouvait transcender les limites de la réalité et ouvrir des portes vers des possibilités infinies. Les lois de la physique avaient été chamboulées, mais cela n'avait fait qu'ajouter à la magie du moment.

Alors que le soleil inversé commençait à se coucher, créant un spectacle éblouissant dans le ciel, Nicolas décida qu'il était temps de poursuivre son voyage à travers cette contrée de folie. Il savait qu'il y avait encore plus de surprises, de rencontres farfelues et d'aventures déconcertantes qui l'attendaient.

Avec un sourire lumineux et un cœur rempli d'anticipation, Nicolas se leva et se mit en route. Il se laissa emporter par le flux constant de l'extraordinaire, sachant que chaque pas le mènerait à de nouvelles découvertes et à des expériences encore plus extravagantes. Après tout, dans ce monde à l'envers, la seule chose qui semblait être sensée était l'absurdité elle-même.

Alors que Nicolas poursuivait son voyage à travers ce monde à l'envers, il fut témoin de scènes de plus en plus déconcertantes. Les arbres semblaient pousser leurs racines dans les nuages, tandis que leurs feuilles se dirigeaient vers les profondeurs de la terre. Les cascades inversées jaillissaient du sol pour monter vers le ciel dans une danse liquide et gracieuse.

À un moment donné, il arriva à un champ où les vaches sautaient joyeusement par-dessus la clôture. Un fermier portant une échelle tentait désespérément de traire les chèvres perchées dans les branches des arbres. Nicolas ne put s'empêcher de rire en observant cette scène absurde de l'agriculture à l'envers.

Alors qu'il marchait le long d'une rivière, il fut surpris de voir des oiseaux nager sous la surface, leurs plumes se transformant en nageoires. Les poissons volaient au-dessus de lui, leurs écailles scintillantes créant des arcs-en-ciel dans le ciel. Un castor nageait en haut d'un arbre, construisant un nid aérien avec des brindilles.

Nicholas s'assit sur un rocher renversé, observant le mouvement chaotique et enchanteur de la faune et de la flore. Rien ici n'était prévisible, tout semblait être le fruit d'un esprit farfelu et créatif.

Soudain, une petite créature en forme de spirale se glissa hors de l'eau et se posa devant lui. C'était un escargot doté d'ailes délicates qui brillaient comme des papillons. « Bonjour, voyageur curieux ! Que penses-tu de notre monde à l'envers ? » demanda-t-il d'une voix douce.

Nicolas sourit. « C'est tout simplement incroyable ! Tout est tellement différent, mais d'une manière fascinante. »

L'escargot ailé tourna la tête pour observer le soleil inversé. « Ici, nous apprécions les différences et les paradoxes. C'est le lieu où l'extraordinaire devient ordinaire, et où le sens trouve sa propre voie dans le non-sens. »

Nicolas acquiesça, absorbant les paroles de la créature étrange. Chaque moment dans ce monde était une leçon sur la perspective, la créativité et la beauté qui pouvaient découler de la remise en question des normes.

Alors que la nuit tombait, les étoiles inversées illuminèrent le ciel d'une manière unique. Les constellations semblaient danser, se déplaçant en harmonie avec le souffle du vent. Les étoiles filantes montaient vers le haut, tandis que la lune émettait des éclats de lumière réfléchis sur la terre.

Nicolas se sentit enveloppé par la magie de ce monde à l'envers. Chaque instant était une invitation à l'émerveillement, chaque rencontre une chance de remettre en question les attentes et de plonger dans l'inconnu.

Alors qu'il se préparait à quitter ce monde déroutant, l'escargot ailé se posa sur son épaule. «N'oublie pas ce que tu as appris ici, Nicolas. La réalité peut être façonnée par l'imagination et le regard que nous portons sur elle.»

Nicolas hocha la tête avec gratitude. «Je n'oublierai jamais ces leçons, et je continuerai à chercher l'extraordinaire dans l'ordinaire.»

Avec un sourire, l'escargot ailé retourna dans les airs, se transformant en une étoile filante en montée. Nicolas le regarda disparaitre dans la nuit étoilée, sentant une profonde connexion avec ce monde renversant.

Alors qu'il quittait cette région où les lois de la physique étaient inversées, Nicolas emportait avec lui une nouvelle perspective sur la réalité et sur lui-même. Il savait désormais que la normalité pouvait être remise en question et que l'absurdité pouvait être source d'inspiration. Son voyage à travers ce monde à l'envers lui avait montré que la créativité n'avait pas de limites et que la magie pouvait être trouvée dans les endroits les plus inattendus.

Avec un pas léger et un cœur léger, Nicolas se dirigea vers de nouvelles aventures, prêt à accueillir chaque moment avec un esprit ouvert et un sourire complice envers l'absurdité qui l'entourait.

Chapitre 5 : Confrontation du néant

L'arrivée du rien

La nuit était tombée sur Nomsenville, jetant un voile d'obscurité sur la ville excentrique. Alors que Nicolas se promenait dans les rues désertes, une sensation étrange s'empara de lui. Une atmosphère chargée d'une énergie mystérieuse semblait flotter dans l'air, électrisant chaque souffle.

Soudain, une silhouette se dessina devant lui, émergeant de l'ombre comme une création de l'univers lui-même. C'était le Rien, un être d'apparence obscure, un contraste vivant avec le monde coloré et chaotique de Nomsenville. Ses yeux étaient profonds, semblant contenir des abimes de vide et d'obscurité.

« Bonjour, Nicolas, » murmura le Rien d'une voix à la fois douce et sinistre. « Je suis l'antithèse de tout, le néant qui embrasse les marges de l'existence. Et maintenant, je viens pour engloutir ce monde dans les abysses du non-être. »

Nicolas sentit une onde de frisson le parcourir. Il était face à quelque chose de bien plus grand que lui, quelque chose qui semblait incarner la vacuité elle-même. Pourtant, il avait appris à embrasser l'absurdité et à danser avec elle. « Et si nous discutions plutôt de cela ? » dit-il, souriant malgré l'appréhension qui le gagnait.

Le Rien inclina légèrement la tête, semblant intriguée par la proposition. « Parler ? Tu crois que les mots peuvent repousser l'inexorable ? »

Nicolas hocha la tête. « Peut-être pas, mais ils peuvent ouvrir des chemins inattendus. Tout comme mon point d'interrogation a donné naissance à une danse de lettres, peut-être que nos mots pourraient créer des étincelles d'un sens différent. »

Le Rien resta silencieux un instant, puis soupira d'une manière étrangement mélancolique. « Très bien, explorons ces méandres de la pensée. Dis-moi, Nicolas, comment décrirais-tu la nature de l'existence ? »

Nicolas réfléchit un instant. « L'existence est un entrelacs de moments, une toile tissée d'expériences et de souvenirs. C'est une danse constante entre le visible et l'invisible, le tangible et le subtil. »

Le Rien sembla méditer sur ses paroles, comme si elles résonnaient avec des échos lointains. « Et que dirais-tu de la signification de la vie ? »

« La signification de la vie réside dans les liens

que nous tissons, les rêves que nous poursuivons et les expériences qui nous transforment. C'est une quête perpétuelle de compréhension et de croissance, même au milieu du chaos absurde. »

Le Rien contempla Nicolas avec une intensité nouvelle. « Tu parles de sens et de croissance, mais tout cela n'est-il pas éphémère ? Ne sommes-nous pas destinés à retourner au néant, tôt ou tard ? »

Nicolas sourit doucement. « Peut-être, mais ce n'est pas la fin qui compte, c'est le voyage. La beauté de l'existence réside dans le fait que nous pouvons donner un sens à chaque instant, même s'il finit par se fondre dans l'infini. »

Le Rien sembla vaciller légèrement, comme si les mots de Nicolas avaient ébranlé les fondations de sa conviction. « Tu parles avec une telle passion, comme si tu avais découvert un secret que j'ignore. »

Nicolas fit un pas en avant. « Peut-être que c'est le secret de l'humanité, le secret qui nous pousse à créer, à aimer, à rire et à danser même dans l'ombre du néant. Nous choisissons de donner un sens à notre existence, même s'il défie la logique ou les certitudes. »

Le Rien sembla se dissiper légèrement, ses contours vacillant comme des flammes dans le vent. « Tu es un être étonnant, Nicolas. Tes mots portent une lumière que je n'ai pas l'habitude de voir. »

Nicolas sourit, ressentant un mélange de

triomphe et de compassion envers le Rien. « Peut-être que, toi aussi, tu peux trouver un sens dans cette danse éternelle. Peut-être que le néant lui-même a sa propre signification, même si elle est différente de ce que nous comprenons. »

Le Rien sembla réfléchir profondément. « Peut-être… Peut-être que l'antithèse de tout peut aussi être un élément de la symphonie. Peut-être que le néant peut coexister avec la plénitude d'une manière que je n'avais jamais envisagée. »

Alors que le Rien s'effaçait lentement, Nicolas sentit un sentiment de paix l'envahir. Il avait confronté l'antithèse de tout avec des mots et des idées, transformant l'obscurité en une teinte de compréhension. Peut-être que même le néant pouvait être touché par la lumière de l'absurdité.

Un frisson parcourut l'échine de Nicolas alors que le Rien semblait se régénérer, reprenant de la substance. « Tu m'as offert une perspective différente, Nicolas, une perspective qui ébranle ma nature même. Peut-être que le néant n'est pas seulement l'absence, mais une toile infinie de possibilités non encore imaginées. »

Nicolas sourit, sentant la puissance des mots et des idées qui s'entrelaçaient entre eux. « Chaque existence, même la tienne, est une histoire unique. Et chaque histoire a son propre sens, même si ce sens émerge de l'inattendu et de l'absurde. »

Le Rien sembla mariner dans cette idée, presque absorbé par sa propre contemplation. « Tu as raison, Nicolas. Le sens peut être créé dans l'absurdité, dans le défi des conventions et dans la danse insouciante des mots. »

Nicolas hocha la tête avec satisfaction. « Et toi, le Rien, peux-tu trouver ton propre sens dans cet univers chaotique ? Peux-tu trouver une raison d'être, même dans ton désir de tout engloutir ? »

Le Rien émit un murmure, une mélodie d'ombre qui se mêlait au vent. « Peut-être… Peut-être que mon rôle est de mettre en lumière la valeur de chaque instant, de montrer que la fin inévitable peut intensifier l'appréciation du présent. »

Alors que les contours du Rien semblaient s'estomper, Nicolas se sentit empli d'une étrange tendresse envers cette entité d'obscurité. « Peut-être que, toi aussi, tu es une partie de cette danse, une partie de cette symphonie absurde. »

Le Rien acquiesça doucement, devenant de plus en plus transparent. « Merci, Nicolas. Tu as offert une lueur dans les ténèbres du néant. Peut-être que je pourrais être le reflet inversé de la lumière, une ombre qui souligne la beauté de chaque éclat. »

Nicolas regarda avec émotion le Rien se dissoudre dans l'air, un sourire chaleureux illuminant son visage. « Peut-être que tu pourrais, en effet. Et peut-être que nos chemins se croiseront à nouveau, dans cette ville où l'absurde et le sens cohabitent. »

Alors que le Rien s'évanouissait complètement, Nicolas sentit une vague de gratitude et de sérénité l'envelopper. Il avait confronté le néant avec des mots, et ces mots avaient créé un pont entre l'absurde et le sens. Peut-être que, même dans l'ombre, il y avait de la lumière à trouver.

Le Rien émettait des pulsations sombres, comme s'il absorbait l'énergie qui l'entourait. Nicolas se tenait là, intrépide, conscient du poids de cette rencontre. « Pourquoi cherches-tu à engloutir le monde avec le néant ? », demanda Nicolas d'une voix calme mais déterminée.

Le Rien sembla osciller, comme s'il était pris au dépourvu par la question. « Le néant est l'antithèse de tout, Nicolas. La fin inévitable, la conclusion inévitable. Je suis le rappel constant que tout ce qui est finira. »

Nicolas réfléchit un instant. « Mais la fin peut aussi être un nouveau commencement. La mort des étoiles donne naissance à de nouvelles galaxies, la disparition des saisons laisse place à leur retour. La fin est une partie inévitable du cycle de la vie. »

Le Rien émit un grondement, une note sombre dans le vent. « Peut-être, mais le cycle de la vie est une danse éphémère. Les étoiles naissent et meurent, tout comme les galaxies. Les saisons changent, mais l'hiver peut être implacable et la chaleur de l'été peut bruler. Ma présence rappelle que tout est voué à s'éteindre. »

Nicolas avança d'un pas, son regard fixé sur le Rien. « Mais c'est aussi ce qui rend chaque instant précieux. Parce que nous savons que tout est éphémère, nous pouvons apprécier chaque sourire, chaque éclat de rire, chaque moment de joie. Le néant peut être le contraste qui fait ressortir la lumière. »

Le Rien sembla vaciller, ses contours de plus en plus flous. « Tu as une vision unique, Nicolas. Peut-être que le néant ne doit pas être la fin en soi, mais une partie d'un tableau plus vaste. Peut-être que je suis l'obscurité qui met en relief la beauté de la lumière. »

Nicolas ressentit une connexion, une énergie qui vibrait entre lui et le Rien. « Peut-être que le néant et le sens ne sont pas en opposition, mais deux côtés d'une même pièce. Peut-être que nous avons besoin de l'obscurité pour apprécier la clarté. »

Alors que les contours du Rien semblaient se dissoudre davantage, une étrange sensation d'apaisement remplit Nicolas. « Peut-être que tu es un rappel que chaque moment compte, chaque expérience, même dans l'absurde et le non-sens. Peut-être que tu es une invitation à trouver du sens dans l'insensé. »

Le Rien émit un dernier souffle, une mélodie mélancolique qui se mêla à la brise. « Peut-être que tu as raison, Nicolas. Peut-être que je ne suis pas seulement le néant, mais un miroir qui reflète la richesse de l'existence. »

Alors que le Rien s'évanouissait complètement, Nicolas sentit un sentiment d'accomplissement. Il avait confronté l'antithèse du sens avec des mots, avec des idées. Peut-être que le néant lui-même était une toile complexe de significations, une invitation à embrasser chaque moment avec gratitude.

Nicolas resta là, le cœur léger et l'esprit emplis d'une nouvelle perspective. Peut-être que l'absurde et le sens étaient des compagnons inséparables dans cette étrange aventure qu'était la vie. Et peut-être que, dans chaque coin de Nomsenville, dans chaque danse de lettres et chaque éclat de rire, il y avait un trésor de significations à découvrir.

Le duel d'absurdités

Nicolas fit face au Rien, son esprit pétillant d'idées. « Eh bien, cher Rien, puisque tu es l'antithèse du tout, je parie que tu peux avoir un sens absurde. »

Le Rien émit un grondement, semblant se divertir de la proposition. « Et comment penses-tu prouver une telle affirmation ? »

Un sourire taquin se dessina sur les lèvres de Nicolas. « Facile ! Vois-tu, si un oiseau peut voler, et si un poisson peut nager, alors pourquoi un biscuit ne pourrait-il pas danser la samba ? »

Le Rien sembla hésitant, puis émit un son semblable à un grincement métallique. « Un biscuit dansant la samba ? Cela semble absurde au-delà de l'absurde. »

Nicolas se mit à rire, son rire résonnant comme une mélodie étrange dans l'air. « Exactement ! Mais n'est-ce pas précisément cela qui lui donne un sens ? Le rire, la surprise, l'inattendu, voilà la substance de la vie ! »

Le Rien sembla pensif, ses contours vacillant légèrement. « Mais le sens du néant est le vide, l'absence de tout. »

« Ah, mais le vide peut être une toile sur laquelle l'imagination peut peindre ses rêves les plus fous ! Imagine un éléphant jonglant avec des arcs-en-ciel ou une licorne jouant du violoncelle dans une vallée de confettis ! »

Le Rien émit un son semblable à un ricanement. « Une vallée de confettis pour une licorne violoncelliste ? C'est plus fantaisiste que tout ce que j'aurais pu imaginer. »

Nicolas posa un doigt sur son menton en feignant une expression profonde. « Mais n'est-ce pas précisément le but ? Créer des images qui défient la logique, qui brisent les barrières du quotidien et nous transportent dans un univers de rire et d'émerveillement ? »

Le Rien sembla réfléchir, puis émit un soupir. « Peut-être que l'absurdité est une sorte de danse, une danse avec le sens plutôt qu'une lutte contre lui. »

Nicolas sourit triomphalement. « Exactement ! L'absurde est comme un compagnon de danse excentrique qui nous fait tourner dans des directions inattendues. Et parfois, c'est dans ces pas de danse que nous découvrons de nouvelles vérités. »

Le Rien sembla presque amusé. « Mais comment

prouver que l'absurde peut avoir un sens, même si ce sens est aussi fuyant qu'une ombre dans la nuit ? »

Nicolas leva un doigt, un éclair malicieux dans les yeux. « Imaginons un chat jonglant avec des paradoxes. Il attrape et laisse tomber des idées comme des balles enflammées, jonglant avec les contradictions jusqu'à ce qu'elles se transforment en étoiles scintillantes. »

Le Rien émit un bruit semblable à un sifflement, semblant presque intrigué. « Un chat jonglant avec des paradoxes? Cela ressemble à une acrobatie intellectuelle que même le néant ne peut pas ignorer. »

Nicolas éclata de rire. « Et voilà ! L'absurde peut être une gymnastique mentale, une exploration des coins cachés de l'existence. Même si les résultats sont incertains, le processus est une aventure en soi. »

Le Rien sembla secoué par une vibration, ses contours vacillants. « Peut-être que le sens du néant est de nous rappeler que les frontières entre le sens et le non-sens sont plus poreuses qu'il n'y parait. »

Nicolas applaudit joyeusement. « Exactement ! Peut-être que tu es un maitre dans l'art de brouiller les frontières, de montrer que même le néant peut avoir un éclat d'imagination, un brin de folie, un soupçon de magie. »

Le Rien sembla s'éclaircir, ses contours devenant plus transparents. « Peut-être que l'absurde est le miroir qui reflète les éclats d'humanité, les éclats de vie qui brillent même dans l'obscurité du néant. »

Nicolas lui fit un clin d'œil complice. « Et peut-être que le néant est la toile sur laquelle l'absurde peint ses chefs-d'œuvre de non-sens. Peut-être que vous êtes tous deux des partenaires dans la danse de l'existence. »

Alors que les derniers échos de leur échange s'estompaient, Nicolas ressentit un sentiment d'épuisement apaisé. Peut-être que la conversation absurde avait plus de sens qu'il ne l'aurait cru. Peut-être que le néant lui-même était un mystère à découvrir, une énigme à démêler.

Nicolas se pencha en avant, un éclat joueur dans les yeux. « Et que dirais-tu d'une pluie de parapluies ? Après tout, si les poissons peuvent voler et les oiseaux nager, pourquoi les parapluies ne pourraient-ils pas tomber du ciel ? »

Le Rien émit un son étrangement semblable à un rire. « Des parapluies tombant du ciel ? C'est presque trop ironique pour être vrai. Mais cela pourrait en effet donner un sens inattendu à la protection. »

Nicolas se mit à rire aussi, le son résonnant dans l'air. « Tout à fait ! Les parapluies tombant du ciel pourraient créer une nouvelle manière de se protéger, une danse folle entre le besoin de se préserver et le hasard des éléments. »

Le Rien sembla presque impressionné. « Tu as le don de trouver des liens insaisissables entre l'absurde et le sens, entre le non-sens et la logique. »

« Et pourquoi pas ? N'est-ce pas l'essence même de l'existence ? Les paradoxes, les contradictions, tout cela fait partie du grand tableau de la vie, non ? »

Le Rien sembla se perdre dans une sorte de contemplation, ses contours se fondant dans l'air. « Peut-être que tu as raison. Peut-être que l'absurde est la couleur vive qui donne vie à un tableau autrement terne. »

« Exactement ! C'est comme ajouter des éclats de couleurs vives à une toile grise. L'absurde réveille notre esprit engourdi, secoue nos attentes et nous rappelle que l'imagination n'a pas de limites. »

Le Rien sembla vaciller, comme s'il était pris dans un tourbillon de pensées contradictoires. « Et si le sens était un voyage, une quête perpétuelle vers quelque chose de plus grand, même si ce quelque chose reste insaisissable ? »

« Ah, le voyage ! Une aventure à travers des contrées de sens et de non-sens, où chaque étape est une découverte, chaque tournant une surprise ! »

Le Rien émit un bruit semblable à un soupir. « Tu es doué pour dénicher la magie dans le banal, le sens dans l'absurde. »

Nicolas inclina la tête, un sourire énigmatique sur les lèvres. « Peut-être que le sens réside dans notre capacité à trouver de la joie dans l'insensé, de la lumière dans l'obscurité, et à créer une danse vivante entre les deux. »

Le Rien sembla se dissoudre brièvement avant de reprendre forme. « Tu as transformé cette confrontation en un duel d'idées audacieuses et loufoques. »

Nicolas éclata de rire. « Mais n'est-ce pas le meilleur genre de duel ? Un combat où personne n'est blessé, où les armes sont des mots et les boucliers sont des rires ? »

Le Rien émit un bourdonnement qui ressemblait à un sourire. « Peut-être que le sens n'a pas à être une destination, mais plutôt un voyage sans fin à travers les terres fertiles de l'absurdité. »

« Exactement ! Alors, que dirais-tu d'une blague ? Pourquoi les poissons n'utilisent-ils jamais d'ordinateurs ? Parce qu'ils ont peur du net ! »

Le Rien émit un son qui rappelait étrangement un rire. « Une blague sur les poissons et l'internet ? C'est un nouveau genre de non-sens qui a sa propre logique comique. »

Nicolas se joignit au rire. « C'est ça ! La logique du non-sens, l'intelligence de l'absurde. Peut-être que c'est ça le sens ultime, trouver la sagesse dans la folie. »

Le Rien sembla s'adoucir, ses contours devenant plus flous. « Tu as réussi à me montrer que même le néant peut être éclairé par les feux de l'absurde. Peut-être que le sens se trouve dans les interstices entre les deux. »

Nicolas inclina la tête avec un sourire de satisfaction. « Peut-être que le sens est le ruban qui relie le tout au rien, l'absurde à la logique, et qui nous rappelle que la vie elle-même est une danse de contradictions. »

Le Rien sembla se fondre davantage dans l'air, ses contours devenant de plus en plus flous. « Tu m'as convaincu, Nicolas. Peut-être que le sens est ce que nous créons dans les espaces vides, ce que nous sculptons dans le marbre de l'absence. »

Nicolas hocha la tête avec un sourire de compréhension. « C'est comme si chaque mot, chaque idée, chaque éclat d'absurdité que nous créons était une étoile dans le ciel noir du néant. »

« Et chaque étoile ajoute un peu de lumière à cette obscurité, créant un cosmos de sens et de non-sens entrelacés. »

Le Rien se dissipa lentement, comme une brume matinale se levant au soleil. « Tu as réussi à m'ébranler, Nicolas. À montrer que, même moi, le Rien, je peux être touché par les volutes de l'absurde. »

« Et peut-être que c'est là le véritable triomphe de l'humanité, apporter de la signification là où l'on pourrait s'attendre au vide. Créer des histoires, des connexions, des émotions, même dans les recoins les plus obscurs. »

Le Rien sembla s'estomper encore davantage.

«Nicolas, tu m'as montré que même le néant n'est pas à l'abri du rire et de la réflexion. Peut-être que nous sommes tous des jongleurs de sens et de non-sens.»

Nicolas sourit chaleureusement. «Alors peut-être que le sens ultime est la toile tissée entre l'absurde et la logique, entre le tout et le rien, entre la quête et le but.»

Le Rien ne fut bientôt plus qu'une ombre évanescente, une présence fugace dans l'air. «Nicolas, tu m'as montré que la confrontation du néant peut donner naissance à une éruption de créativité et de pensées.»

«Peut-être que c'est cela, le vrai sens de la vie. Explorer l'absurde, danser avec le non-sens, et découvrir que même le vide peut être rempli d'aventures incroyables.»

Le Rien semblait se mélanger avec l'horizon, ses contours presque indiscernables. «Nicolas, tu as gagné cette bataille de mots et d'idées. Tu m'as montré que le néant n'est pas une fin, mais le commencement de quelque chose de nouveau.»

Nicolas inclina la tête, une lueur de satisfaction dans les yeux. «Merci, le Rien. Merci pour cette conversation absurde et significative. Peut-être que nous sommes tous des héros de l'absurde, des chercheurs de sens dans un océan de non-sens.»

Le Rien se fondit finalement complètement dans

l'air, laissant derrière lui une trace éphémère de son existence. Nicolas resta là, les yeux rivés sur le point où le Rien avait disparu.

Puis, il sourit et se mit à rire doucement. Une éruption de rire qui résonna à travers l'espace, comme un écho du duel d'absurdités qu'il venait de vivre. Car maintenant, il comprenait que le sens était partout et nulle part, dans chaque coin de l'univers absurde qu'il avait exploré.

Chapitre 6 : Réalisation éclatée
L'explosion de couleurs

Alors que le duel d'absurdités entre Nicolas et le Rien touchait à sa fin, quelque chose d'étrange commença à se produire. Les mots qu'ils avaient échangés semblaient se matérialiser dans l'air, prenant forme sous la poussée d'une énergie invisible.

Nicolas et le Rien échangèrent un dernier regard, un mélange de compréhension et d'acceptation passant entre eux. Puis, un sourire curieux se dessina sur les lèvres de Nicolas. « Et si, au lieu de nous opposer, nous combinions nos forces ? »

Le Rien sembla hésiter un instant, puis acquiesça lentement. « Une alliance entre le néant et le sens. Cela pourrait engendrer quelque chose d'encore plus étonnant. »

Nicolas se tourna vers l'horizon, un éclat d'excitation dans les yeux. « Imagine un monde où le sens et le non-sens se mêlent, où l'absurde prend vie sous une forme nouvelle. »

Le Rien émit un léger rire, une mélodie de

l'obscurité. « Et comment appellerions-nous cette fusion improbable ? »

Nicolas posa un doigt sur ses lèvres, un sourire malicieux sur le visage. « Peut-être l'absent, un lieu où le vide et la signification coexistent en harmonie. »

Alors que les mots qu'ils échangeaient semblaient fusionner avec l'air, quelque chose d'extraordinaire se produisit. L'horizon commença à trembler, les couleurs du monde s'estompèrent puis s'intensifièrent d'une manière fascinante.

Un éclat de lumière éblouissante émana soudain de l'horizon, comme si l'univers tout entier se préparait à révéler un secret enfoui depuis longtemps.

Et puis, tout se mit à tourbillonner. Les formes et les couleurs dansèrent dans l'air, créant une danse cosmique de lumières et de ténèbres, de sens et de non-sens. Les lignes floues se transformèrent en motifs complexes, les teintes se mélangeant en une symphonie de couleurs jamais vues.

Les mots que Nicolas et le Rien avaient échangés semblaient se matérialiser sous forme de lettres étincelantes qui flottaient dans l'air. Les idées et les concepts s'entrelaçaient pour créer des motifs en constante évolution.

Et alors, avec un éclat final d'intensité, le monde explosa dans une profusion de couleurs et de formes. C'était comme si un prisme géant s'était ouvert, diffusant une pluie chatoyante de couleurs dans toutes les directions.

Le ciel se transforma en une toile de teintes éclatantes, les arbres se métamorphosèrent en sculptures colorées, et même le sol semblait être recouvert d'un tapis chatoyant.

Nicolas regarda autour de lui, émerveillé par le spectacle devant ses yeux. Les couleurs dansaient devant lui, formant des figures complexes qui semblaient évoquer des récits anciens et des aventures à venir.

Le Rien émit un souffle d'obscurité, comme un murmure lointain. « C'est comme si chaque mot que nous avons échangé, chaque idée que nous avons explorée, s'était transformé en une éclatante célébration de l'existence. »

Nicolas acquiesça, ses yeux brillant d'excitation. « C'est la fusion de l'absurde et du sens, du néant et de la signification, qui a engendré cet éclat d'émerveillement. »

Les couleurs continuaient de virevolter autour d'eux, créant un univers en constante transformation. Les formes semblaient danser au rythme d'une mélodie cosmique, chacune contribuant à une symphonie visuelle éblouissante.

Le Rien sembla s'approcher de Nicolas, ses contours se fondant dans les couleurs chatoyantes. « Nicolas, nous avons réussi à créer quelque chose d'extraordinaire, une explosion de couleurs et de formes nées de notre dialogue improbable. »

Nicolas sourit, une profonde gratitude dans son regard. « Et cette explosion de couleurs est le reflet de ce que nous pouvons accomplir lorsque nous embrassons l'absurdité et la signification. »

Le Rien sembla s'effacer graduellement, se fondant dans le tourbillon environnant. « Peut-être que l'absent, le lieu où le sens et le non-sens se rencontrent, est le véritable cœur de l'existence. »

Nicolas observa les couleurs tourbillonner autour de lui, une paix profonde l'envahissant. « Peut-être que c'est là que réside le secret ultime de la vie, dans cette danse infinie entre le rien et tout. »

Et alors que les couleurs continuaient de danser, Nicolas se sentit emporté par cette éruption visuelle d'émerveillement, prêt à embrasser chaque instant d'absurdité et de sens que l'univers avait à offrir.

Alors que les couleurs dansaient autour de lui, Nicolas se tourna vers le Rien qui semblait s'intégrer harmonieusement à ce spectacle éblouissant. « Qui aurait cru que notre duel d'absurdités aboutirait à une telle création ? »

Le Rien émit un souffle mélodieux de non-sens. « Parfois, ce sont les rencontres les plus improbables qui déclenchent les évènements les plus extraordinaires. »

Nicolas sourit en acquiesçant. « Nous avons fusionné le vide avec le sens, et le résultat est une explosion de créativité et d'émerveillement. »

Alors que les couleurs continuaient de tourbillonner, Nicolas remarqua que les formes semblaient se réorganiser, créant des scènes étranges et familières à la fois. « Regarde, là-bas ! On dirait une forêt en forme de cascade, et là-bas, une étoile filante en train de danser avec un dragon. »

Le Rien contempla les formes changeantes avec un intérêt curieux. « C'est comme si le monde lui-même exprimait toutes les possibilités de l'existence en une seule explosion de couleurs. »

Nicolas sentit une profonde connexion avec l'univers qui l'entourait. « Chaque couleur, chaque forme, c'est une histoire qui se déroule devant nous. Une histoire de sens et de non-sens, de vide et de plénitude. »

Le Rien sembla sourire d'une manière mystérieuse. « Et tu as joué un rôle essentiel dans cette histoire, Nicolas. Tu as montré que même le néant peut avoir un impact sur le tout. »

Nicolas se tourna vers le Rien, un sentiment de gratitude l'envahissant. « Et toi aussi, Rien. Tu as dévoilé un aspect insoupçonné du néant, une potentialité d'existence dans l'absence. »

Alors que les couleurs continuaient de se métamorphoser autour d'eux, Nicolas et le Rien restèrent là, absorbant le spectacle de cette explosion de créativité. Chaque teinte et chaque nuance semblaient porter en elles une signification cachée, une histoire à raconter.

Soudain, les couleurs se mirent à tourbillonner encore plus rapidement, se combinant en un éclat final éblouissant. Une lumière aveuglante enveloppa tout, faisant disparaitre temporairement le monde dans un éclat d'intensité.

Et puis, lentement, la lumière s'apaisa, laissant place à un tout nouveau paysage. Devant Nicolas s'étendait un prisme géant, une réalité façonnée par des couleurs et des formes en perpétuelle métamorphose.

Le Rien émit un rire mélodieux. « Voici notre création, Nicolas. Un monde où le sens et le non-sens fusionnent pour créer une réalité en perpétuel changement. »

Nicolas contempla le jeu des formes et des couleurs avec un mélange de fascination et d'émerveillement. « Chaque moment, chaque instant, c'est une nouvelle toile sur laquelle les couleurs de l'existence se déploient. »

Le Rien sembla acquiescer. « Le néant et la signification coexistent dans une danse éternelle. Et c'est dans cet ensemble mouvant que cette danse trouve son expression la plus vibrante. »

Alors que Nicolas et le Rien se tenaient là, absorbant cette nouvelle réalité, une sérénité profonde les enveloppa. Ils étaient témoins de la beauté de la dualité, de la manière dont le vide et la plénitude pouvaient s'entrelacer pour créer quelque chose d'incroyablement unique.

Finalement, Nicolas tourna son regard vers le Rien. «Peut-être que c'est ainsi que l'existence fonctionne vraiment. Une symphonie d'absurdités et de sens, de vide et d'être.»

Le Rien émit un dernier souffle, sa forme se mêlant aux formes changeantes environnantes. «Et toi, Nicolas, tu es à la fois l'observateur et le créateur de cette symphonie. Ton aventure dans l'absurdité a engendré un éclatant chef-d'œuvre.»

Nicolas sentit une profonde gratitude envers le Rien et envers tout ce qu'il avait vécu. «Merci, Rien. Tu m'as montré que, même dans le néant, il y a un potentiel infini.»

Alors que les couleurs continuaient de se déployer tout autour d'eux, Nicolas se sentit rempli d'une paix et d'une joie profondes. Il savait qu'il avait découvert quelque chose d'exceptionnel, une vérité sur l'existence elle-même.

Nicolas sentit une énergie nouvelle circuler en lui, une compréhension profonde de l'harmonie entre le vide et la plénitude. «Regarde, Rien, chaque couleur semble être en dialogue avec les autres, créant une mélodie visuelle.»

Le Rien acquiesça, ses contours se fondant dans les teintes changeantes. «C'est comme si chaque couleur était une note dans une partition infinie, une symphonie de l’existence elle-même. »

Nicolas ressentit une connexion profonde avec ce tourbillon de formes et de couleurs, comme s’il était en train de fusionner avec cette réalité en perpétuel mouvement. « Nous avons trouvé un moyen d’unir le néant et la signification, de créer quelque chose de nouveau à partir de cette dualité. »

Le Rien émit un éclat de lumière, semblant briller encore plus intensément. « C’est le pouvoir de l’imagination, Nicolas. Même le vide peut être façonné en quelque chose de beau et de puissant. »

Alors que les couleurs continuaient de se mélanger et de former de nouvelles images, Nicolas sentit une émotion profonde l’envahir. « C’est une célébration de la vie elle-même, de toutes ses nuances et de toutes ses possibilités. »

Le Rien sembla sourire d’une manière énigmatique. « Tu as saisi l’essence de notre création, Nicolas. Nous avons transformé le néant en une toile où l’existence peut se déployer dans toute sa splendeur. »

Nicolas ressentit une gratitude infinie envers cette expérience et envers le Rien. « Tu as été mon guide dans ce voyage, Rien. Tu m’as montré que même le vide peut être un catalyseur pour la création. »

Le Rien émit un son qui ressemblait à un chuchotement du vent à travers les arbres. « Et toi, Nicolas, tu as été l’âme créative qui a donné vie à cette explosion de couleurs. Tu as prouvé que le sens peut naitre même là où il semble y avoir un vide. »

Alors que les formes et les couleurs continuaient de se transformer, Nicolas se sentit empli d'un sentiment d'accomplissement. « Notre monde est une métaphore de l'existence elle-même, un mélange incessant de formes, de significations et de possibilités. »

Le Rien sembla se fondre davantage dans cet univers changeant, ses contours devenant flous et insaisissables. « L'univers que nous avons créé reflète la complexité de l'âme humaine, sa capacité à faire naitre du sens à partir du vide. »

Nicolas contempla l'ensemble chatoyant avec un sourire radieux. « C'est un rappel que, même dans les moments de doute et d'obscurité, il y a toujours une opportunité de créer de la lumière et de la couleur. »

Le Rien se fondit complètement dans cet ensemble mouvant, sa présence devenant une partie intégrante du spectacle de couleurs et de formes. « Nicolas, souviens-toi de cette vérité, même lorsque tu retourneras à ta réalité quotidienne. Le pouvoir de la création existe en toi. »

Nicolas ferma les yeux et ressentit une profonde paix. « Je n'oublierai jamais cette leçon, Rien. Tu m'as montré que, même dans le néant, il y a une beauté à découvrir. »

Alors que le spectacle changeant se déployait

devant lui, Nicolas sut que cette expérience resterait gravée dans son esprit pour toujours. Il avait appris que le sens pouvait émerger de l'absurde, que la création pouvait naitre du vide, et que chaque moment était une opportunité de donner vie à quelque chose de nouveau et d'extraordinaire.

Le sourire du néant

Alors que l'explosion de couleurs s'estompa lentement, Nicolas se retrouva de retour dans sa chambre, assis devant sa table, son regard fixé sur le point d'interrogation qui avait tout déclenché. Une sérénité nouvelle l'envahit, une compréhension profonde que le sens et le non-sens étaient des facettes inséparables de la réalité.

Il regarda le point d'interrogation avec un sourire naissant. « Peut-être que le vrai sens réside dans la création elle-même, dans la capacité de donner forme à l'absurde. »

Alors qu'il pensait à tout ce qu'il avait vécu, il sentit un rire monter en lui, un rire qui semblait transcender les frontières de la logique. Il se mit à rire de plus en plus fort, laissant les éclats de rire résonner dans la pièce.

À sa grande surprise, son rire sembla prendre vie et s'échapper par la fenêtre ouverte. Il regarda par la fenêtre et vit que quelque chose d'extraordinaire se produisait. Les gens dans la rue, qui semblaient tristes et préoccupés, se mirent soudain à sourire et à rire. Les éclats de rire se répandirent comme une contagion, enveloppant la ville entière dans une ambiance joyeuse.

Nicolas réalisa que son rire avait un pouvoir inattendu, celui de dissiper les ténèbres et de répandre la lumière du rire à travers le monde. Il continua de rire, laissant chaque éclat de rire se transformer en une onde d'énergie positive.

Bientôt, même les objets inanimés semblaient réagir à son rire. Les arbres se balançaient en rythme, les oiseaux chantaient en chœur et les nuages semblaient former des dessins comiques dans le ciel. C'était comme si tout l'univers participait à cette symphonie de joie.

Nicolas se leva de sa chaise et sortit dans la rue. Les gens qu'il croisait le saluaient avec des sourires radieux, comme s'ils avaient été touchés par une magie irrésistible. Il regarda autour de lui et vit que l'atmosphère était imprégnée d'une énergie nouvelle, d'un esprit de légèreté et de bienveillance.

Il continua de marcher, son rire illuminant chaque coin de rue. Il se rendit compte que son rire n'était pas simplement une réaction à l'absurde, mais une célébration de la vie elle-même, de toutes ses nuances et de toutes ses étrangetés.

Soudain, il se retrouva devant le même parc où tout avait commencé. Il remarqua le banc où il avait posé son livre sur rien, le point de départ de son extraordinaire voyage. Il s'assit sur le banc, se remémorant tout ce qu'il avait traversé.

Alors qu'il contemplait le parc, il se rendit compte que le Rien était là, se tenant à côté de lui. « Tu as compris, Nicolas. Le vrai pouvoir du néant réside dans sa capacité à créer quelque chose de nouveau, à éveiller la créativité et à révéler la beauté cachée dans l'absurde. »

Nicolas hocha la tête avec un sourire profondément satisfait. « Oui, Rien. Je réalise maintenant que le sens n'est pas quelque chose de statique à rechercher, mais quelque chose que nous pouvons créer à chaque instant. »

Le Rien sembla se dissoudre dans l'air, laissant derrière lui une sensation de plénitude. « Le sourire que tu as offert au néant a résonné à travers le cosmos, rappelant à tous que la joie et la créativité sont les véritables fondations de l'existence. »

Nicolas regarda le ciel, où les nuages formaient maintenant des visages souriants et des dessins joyeux. « Je vais me souvenir de cette leçon chaque fois que je me sentirai perdu ou confus. Je saurai que je peux toujours créer du sens à partir du non-sens. »

Le parc semblait briller d'une lumière douce et apaisante. Nicolas se leva du banc, sachant qu'il était prêt à retourner dans sa vie quotidienne avec une nouvelle perspective. Il avait appris que la créativité, l'absurdité et le rire pouvaient être les guides vers une réalité plus profonde et plus significative.

Nicolas se tenait au cœur de la ville, son sourire rayonnant comme un phare de bonheur. Les passants qu'il croisait semblaient captivés par sa présence, comme s'ils ressentaient l'effet apaisant de son sourire. Chaque sourire qu'il rencontrait se transformait en une onde d'énergie positive qui se propageait à travers la foule.

Les rires se mêlaient aux sourires, remplissant l'air d'une symphonie joyeuse et débridée. Les visages qui avaient été marqués par le souci semblaient se détendre, comme si le fardeau avait été levé d'un coup de baguette magique. Les rues étaient devenues des pistes de danse improvisées, où les gens tournoyaient avec légèreté au son de leur propre rire.

Nicolas se rendit compte qu'il n'était pas seul dans cette aventure. Derrière lui, le Rien semblait suivre, se laissant emporter par la vague de rires. « Tu as compris, Nicolas. Le rire est le langage de l'âme, une force qui peut transcender les barrières et guérir les cœurs. »

Nicolas hocha la tête, son sourire s'élargissant. « C'est incroyable de voir à quel point le simple acte de sourire peut avoir un impact si profond. »

Le Rien sembla se dissoudre encore plus, se fondant dans le rire qui l'entourait. « Le rire est le reflet de notre capacité à trouver de la beauté dans l'absurde, à créer du sens à partir du non-sens. »

Ils marchèrent ensemble à travers la ville, apportant avec eux une vague d'allégresse. Les cafés et les boutiques semblaient s'animer d'une énergie nouvelle, les gens se rassemblant pour partager des histoires drôles et des moments de joie. Les rues étaient devenues des terrains de jeu, où les enfants couraient en riant et les adultes se lançaient des plaisanteries.

Au fur et à mesure qu'ils avançaient, Nicolas remarqua quelque chose de remarquable. Les bâtiments semblaient s'animer de leur propre chef, leurs façades affichant des visages comiques et des expressions exagérées. Les fenêtres clignotaient comme des yeux complices, tandis que les portes semblaient s'ouvrir avec un clin d'œil malicieux.

Nicolas se tourna vers le Rien avec un sourire curieux. « Est-ce que tout cela est réel ? Ou est-ce encore une illusion absurde ? »

Le Rien éclata de rire, une mélodie de rire qui se mêla harmonieusement à celle de la ville. « Peut-être que la réalité est ce que nous choisissons de créer, Nicolas. Peut-être que le rire et l'absurdité sont les outils pour découvrir la vérité cachée derrière les apparences. »

Ils arrivèrent finalement à un parc, où les arbres semblaient danser au rythme du rire environnant. Nicolas s'assit sur un banc, observant les enfants qui jouaient avec les oiseaux et les écureuils d'une manière tout à fait délirante. « C'est comme si le monde entier avait été transformé en une immense fête. »

Le Rien s'assit à côté de lui, un sourire mystérieux aux lèvres. « Tu as réussi à découvrir le secret, Nicolas. Le rire est la clé pour transcender les limites de la perception ordinaire. C'est en embrassant l'absurdité que nous pouvons percevoir la beauté cachée du monde. »

Nicolas regarda le ciel qui était désormais rempli de formes extravagantes et colorées. « Et dire que tout a commencé avec un simple point d'interrogation. »

Le Rien hocha la tête, ses yeux brillant d'une sagesse profonde. « Le point d'interrogation t'a ouvert la porte vers une réalité plus vaste, te montrant que le sens peut être trouvé dans l'exploration, la créativité et l'émerveillement. »

Nicolas prit une profonde inspiration, sentant la magie de l'instant le traverser. « Je suis reconnaissant pour tout ce que j'ai vécu, pour les rencontres farfelues, les aventures délirantes et même les confrontations avec le néant. Chaque expérience m'a apporté une nouvelle perspective. »

Le Rien se leva et se tint debout devant Nicolas, rayonnant d'une aura apaisante. « Rappelle-toi toujours, Nicolas, que le pouvoir de créer du sens est entre tes mains. Même lorsque les choses semblent sombres, tu as le choix de sourire au néant et de découvrir la lumière cachée. »

Nicolas se leva à son tour, son sourire illuminant son visage. « Je n'oublierai jamais cette leçon. Je vais continuer à sourire, à rire et à embrasser l'absurdité à chaque étape de ma vie. »

Ils se regardèrent un instant, un échange silencieux de compréhension profonde. Puis, comme s'il était emporté par le vent, le Rien commença à se dissoudre, se fondant dans l'air comme une brume légère.

Nicolas resta seul au milieu du parc, sa vision du monde transformée à jamais. Il prit une profonde inspiration, rempli d'une gratitude immense pour cette aventure extraordinaire. Alors qu'il observait le ciel teinté de couleurs éclatantes et le rire qui continuait de résonner dans l'air, il sut que le sourire du néant serait gravé dans son cœur pour toujours.

Nicolas se tenait au cœur de la ville, son sourire rayonnant comme un phare de bonheur. Les passants qu'il croisait semblaient captivés par sa présence, comme s'ils ressentaient l'effet apaisant de son sourire. Chaque sourire qu'il rencontrait se transformait en une onde d'énergie positive qui se propageait à travers la foule.

Les rires se mêlaient aux sourires, remplissant l'air d'une symphonie joyeuse et débridée. Les visages qui avaient été marqués par le souci semblaient se détendre, comme si le fardeau avait été levé d'un coup de baguette magique. Les rues étaient devenues des pistes de danse improvisées, où les gens tournoyaient avec légèreté au son de leur propre rire.

Nicolas se rendit compte qu'il n'était pas seul dans cette aventure. Derrière lui, le Rien semblait suivre, se laissant emporter par la vague de rires. « Tu as compris, Nicolas. Le rire est le langage de l'âme, une force qui peut transcender les barrières et guérir les cœurs. »

Nicolas hocha la tête, son sourire s'élargissant. « C'est incroyable de voir à quel point le simple acte de sourire peut avoir un impact si profond. »

Le Rien sembla se dissoudre encore plus, se fondant dans le rire qui l'entourait. « Le rire est le reflet de notre capacité à trouver de la beauté dans l'absurde, à créer du sens à partir du non-sens. »

Ils marchèrent ensemble à travers la ville, apportant avec eux une vague d'allégresse. Les cafés et les boutiques semblaient s'animer d'une énergie nouvelle, les gens se rassemblant pour partager des histoires drôles et des moments de joie. Les rues étaient devenues des terrains de jeu, où les enfants couraient en riant et les adultes se lançaient des plaisanteries.

Au fur et à mesure qu'ils avançaient, Nicolas remarqua quelque chose de remarquable. Les bâtiments semblaient s'animer de leur propre chef, leurs façades affichant des visages comiques et des expressions exagérées. Les fenêtres clignotaient comme des yeux complices, tandis que les portes semblaient s'ouvrir avec un clin d'œil malicieux.

Nicolas se tourna vers le Rien avec un sourire curieux. « Est-ce que tout cela est réel ? Ou est-ce encore une illusion absurde ? »

Le Rien éclata de rire, une mélodie de rire qui se mêla harmonieusement à celle de la ville. « Peut-être que la réalité est ce que nous choisissons de créer, Nicolas. Peut-être que le rire et l'absurdité sont les outils pour découvrir la vérité cachée derrière les apparences. »

Ils arrivèrent finalement à un parc, où les arbres semblaient danser au rythme du rire environnant. Nicolas s'assit sur un banc, observant les enfants qui jouaient avec les oiseaux et les écureuils d'une manière tout à fait délirante. « C'est comme si le monde entier avait été transformé en une immense fête. »

Le Rien s'assit à côté de lui, un sourire mystérieux aux lèvres. « Tu as réussi à découvrir le secret, Nicolas. Le rire est la clé pour transcender les limites de la perception ordinaire. C'est en embrassant l'absurdité que nous pouvons percevoir la beauté cachée du monde. »

Nicolas regarda le ciel qui était désormais rempli de formes extravagantes et colorées. « Et dire que tout a commencé avec un simple point d'interrogation. »

Le Rien hocha la tête, ses yeux brillant d'une sagesse profonde. « Le point d'interrogation t'a ouvert la porte vers une réalité plus vaste, te montrant que le sens peut être trouvé dans l'exploration, la créativité et l'émerveillement. »

Nicolas prit une profonde inspiration, sentant la magie de l'instant le traverser. « Je suis reconnaissant pour tout ce que j'ai vécu, pour les rencontres farfelues, les aventures délirantes et même les confrontations avec le néant. Chaque expérience m'a apporté une nouvelle perspective. »

Le Rien se leva et se tint debout devant Nicolas, rayonnant d'une aura apaisante. « Rappelle-toi toujours, Nicolas, que le pouvoir de créer du sens est entre tes mains. Même lorsque les choses semblent sombres, tu as le choix de sourire au néant et de découvrir la lumière cachée. »

Nicolas se leva à son tour, son sourire illuminant son visage. « Je n'oublierai jamais cette leçon. Je vais continuer à sourire, à rire et à embrasser l'absurdité à chaque étape de ma vie. »

Ils se regardèrent un instant, un échange silencieux de compréhension profonde. Puis, comme s'il était emporté par le vent, le Rien commença à se dissoudre, se fondant dans l'air comme une brume légère.

Nicolas resta seul au milieu du parc, sa vision

du monde transformée à jamais. Il prit une profonde inspiration, rempli d'une gratitude immense pour cette aventure extraordinaire. Alors qu'il observait le ciel teinté de couleurs éclatantes et le rire qui continuait de résonner dans l'air, il sut que le sourire du néant serait gravé dans son cœur pour toujours.

Chapitre 7 : Retour à la normalité… Ou pas

Le monde se remet

Alors que l'explosion de couleurs s'estompa lentement, Nicolas se retrouva de retour dans sa chambre, assis devant sa table, son regard fixé sur le point d'interrogation qui avait tout déclenché. Une sérénité nouvelle l'envahit, une compréhension profonde que le sens et le non-sens étaient des facettes inséparables de la réalité.

Il regarda le point d'interrogation avec un sourire naissant. « Peut-être que le vrai sens réside dans la création elle-même, dans la capacité de donner forme à l'absurde. »

Alors qu'il pensait à tout ce qu'il avait vécu, il sentit un rire monter en lui, un rire qui semblait transcender les frontières de la logique. Il se mit à rire de plus en plus fort, laissant les éclats de rire résonner dans la pièce.

À sa grande surprise, son rire sembla prendre vie et s'échapper par la fenêtre ouverte. Il regarda par la fenêtre et vit que quelque chose d'extraordinaire se produisait. Les gens dans la rue, qui semblaient tristes et préoccupés, se mirent soudain à sourire et à rire. Les éclats de rire se répandirent comme une contagion, enveloppant la ville entière dans une ambiance joyeuse.

Nicolas réalisa que son rire avait un pouvoir inattendu, celui de dissiper les ténèbres et de répandre la lumière du rire à travers le monde. Il continua de rire, laissant chaque éclat de rire se transformer en une onde d'énergie positive.

Bientôt, même les objets inanimés semblaient réagir à son rire. Les arbres se balançaient en rythme, les oiseaux chantaient en chœur et les nuages semblaient former des dessins comiques dans le ciel. C'était comme si tout l'univers participait à cette symphonie de joie.

Nicolas se leva de sa chaise et sortit dans la rue. Les gens qu'il croisait le saluaient avec des sourires radieux, comme s'ils avaient été touchés par une magie irrésistible. Il regarda autour de lui et vit que l'atmosphère était imprégnée d'une énergie nouvelle, d'un esprit de légèreté et de bienveillance.

Il continua de marcher, son rire illuminant chaque coin de rue. Il se rendit compte que son rire n'était pas simplement une réaction à l'absurde, mais une célébration de la vie elle-même, de toutes ses nuances et de toutes ses étrangetés.

Soudain, il se retrouva devant le même parc où tout avait commencé. Il remarqua le banc où il avait posé son livre sur rien, le point de départ de son extraordinaire voyage. Il s'assit sur le banc, se remémorant tout ce qu'il avait traversé.

Alors qu'il contemplait le parc, il se rendit compte que le Rien était là, se tenant à côté de lui. « Tu as compris, Nicolas. Le vrai pouvoir du néant réside dans sa capacité à créer quelque chose de nouveau, à éveiller la créativité et à révéler la beauté cachée dans l'absurde. »

Nicolas hocha la tête avec un sourire profondément satisfait. « Oui, Rien. Je réalise maintenant que le sens n'est pas quelque chose de statique à rechercher, mais quelque chose que nous pouvons créer à chaque instant. »

Le Rien sembla se dissoudre dans l'air, laissant derrière lui une sensation de plénitude. « Le sourire que tu as offert au néant a résonné à travers le cosmos, rappelant à tous que la joie et la créativité sont les véritables fondations de l'existence. »

Nicolas regarda le ciel, où les nuages formaient maintenant des visages souriants et des dessins joyeux. « Je vais me souvenir de cette leçon chaque fois que je me sentirai perdu ou confus. Je saurai que je peux toujours créer du sens à partir du non-sens. »

Le parc semblait briller d'une lumière douce et apaisante. Nicolas se leva du banc, sachant qu'il était prêt à retourner dans sa vie quotidienne avec une nouvelle perspective. Il avait appris que la créativité, l'absurdité et le rire pouvaient être les guides vers une réalité plus profonde et plus significative.

Nicolas se tenait au cœur de la ville, son sourire rayonnant comme un phare de bonheur. Les passants qu'il croisait semblaient captivés par sa présence, comme s'ils ressentaient l'effet apaisant de son sourire. Chaque sourire qu'il rencontrait se transformait en une onde d'énergie positive qui se propageait à travers la foule.

Les rires se mêlaient aux sourires, remplissant l'air d'une symphonie joyeuse et débridée. Les visages qui avaient été marqués par le souci semblaient se détendre, comme si le fardeau avait été levé d'un coup de baguette magique. Les rues étaient devenues des pistes de danse improvisées, où les gens tournoyaient avec légèreté au son de leur propre rire.

Nicolas se rendit compte qu'il n'était pas seul dans cette aventure. Derrière lui, le Rien semblait suivre, se laissant emporter par la vague de rires. « Tu as compris, Nicolas. Le rire est le langage de l'âme, une force qui peut transcender les barrières et guérir les cœurs. »

Nicolas hocha la tête, son sourire s'élargissant. « C'est incroyable de voir à quel point le simple acte de sourire peut avoir un impact si profond. »

Le Rien sembla se dissoudre encore plus, se fondant dans le rire qui l'entourait. « Le rire est le reflet de notre capacité à trouver de la beauté dans l'absurde, à créer du sens à partir du non-sens. »

Ils marchèrent ensemble à travers la ville,

apportant avec eux une vague d'allégresse. Les cafés et les boutiques semblaient s'animer d'une énergie nouvelle, les gens se rassemblant pour partager des histoires drôles et des moments de joie. Les rues étaient devenues des terrains de jeu, où les enfants couraient en riant et les adultes se lançaient des plaisanteries.

Au fur et à mesure qu'ils avançaient, Nicolas remarqua quelque chose de remarquable. Les bâtiments semblaient s'animer de leur propre chef, leurs façades affichant des visages comiques et des expressions exagérées. Les fenêtres clignotaient comme des yeux complices, tandis que les portes semblaient s'ouvrir avec un clin d'œil malicieux.

Nicolas se tourna vers le Rien avec un sourire curieux. «Est-ce que tout cela est réel? Ou est-ce encore une illusion absurde?»

Le Rien éclata de rire, une mélodie de rire qui se mêla harmonieusement à celle de la ville. «Peut-être que la réalité est ce que nous choisissons de créer, Nicolas. Peut-être que le rire et l'absurdité sont les outils pour découvrir la vérité cachée derrière les apparences.»

Ils arrivèrent finalement à un parc, où les arbres semblaient danser au rythme du rire environnant. Nicolas s'assit sur un banc, observant les enfants qui jouaient avec les oiseaux et les écureuils d'une manière tout à fait délirante. «C'est comme si le monde entier avait été transformé en une immense fête. »

Le Rien s'assit à côté de lui, un sourire mystérieux aux lèvres. « Tu as réussi à découvrir le secret, Nicolas. Le rire est la clé pour transcender les limites de la perception ordinaire. C'est en embrassant l'absurdité que nous pouvons percevoir la beauté cachée du monde. »

Nicolas regarda le ciel qui était désormais rempli de formes extravagantes et colorées. « Et dire que tout a commencé avec un simple point d'interrogation. »

Le Rien hocha la tête, ses yeux brillant d'une sagesse profonde. « Le point d'interrogation t'a ouvert la porte vers une réalité plus vaste, te montrant que le sens peut être trouvé dans l'exploration, la créativité et l'émerveillement. »

Nicolas prit une profonde inspiration, sentant la magie de l'instant le traverser. « Je suis reconnaissant pour tout ce que j'ai vécu, pour les rencontres farfelues, les aventures délirantes et même les confrontations avec le néant. Chaque expérience m'a apporté une nouvelle perspective. »

Le Rien se leva et se tint debout devant Nicolas, rayonnant d'une aura apaisante. « Rappelle-toi toujours, Nicolas, que le pouvoir de créer du sens est entre tes mains. Même lorsque les choses semblent sombres, tu as le choix de sourire au néant et de découvrir la lumière cachée. »

Nicolas se leva à son tour, son sourire illuminant son visage. « Je n'oublierai jamais cette leçon. Je vais continuer à sourire, à rire et à embrasser l'absurdité à chaque étape de ma vie. »

Ils se regardèrent un instant, un échange silencieux de compréhension profonde. Puis, comme s'il était emporté par le vent, le Rien commença à se dissoudre, se fondant dans l'air comme une brume légère.

Nicolas resta seul au milieu du parc, sa vision du monde transformée à jamais. Il prit une profonde inspiration, rempli d'une gratitude immense pour cette aventure extraordinaire. Alors qu'il observait le ciel teinté de couleurs éclatantes et le rire qui continuait de résonner dans l'air, il sut que le sourire du néant serait gravé dans son cœur pour toujours.

Nicolas se tenait au cœur de la ville, son sourire rayonnant comme un phare de bonheur. Les passants qu'il croisait semblaient captivés par sa présence, comme s'ils ressentaient l'effet apaisant de son sourire. Chaque sourire qu'il rencontrait se transformait en une onde d'énergie positive qui se propageait à travers la foule.

Les rires se mêlaient aux sourires, remplissant l'air d'une symphonie joyeuse et débridée. Les visages qui avaient été marqués par le souci semblaient se détendre, comme si le fardeau avait été levé d'un coup de baguette magique. Les rues étaient devenues des pistes de danse improvisées, où les gens tournoyaient avec légèreté au son de leur propre rire.

Nicolas se rendit compte qu'il n'était pas seul dans cette aventure. Derrière lui, le Rien semblait suivre, se laissant emporter par la vague de rires. « Tu as compris, Nicolas. Le rire est le langage de l'âme, une force qui peut transcender les barrières et guérir les cœurs. »

Nicolas hocha la tête, son sourire s'élargissant. « C'est incroyable de voir à quel point le simple acte de sourire peut avoir un impact si profond. »

Le Rien sembla se dissoudre encore plus, se fondant dans le rire qui l'entourait. « Le rire est le reflet de notre capacité à trouver de la beauté dans l'absurde, à créer du sens à partir du non-sens. »

Ils marchèrent ensemble à travers la ville, apportant avec eux une vague d'allégresse. Les cafés et les boutiques semblaient s'animer d'une énergie nouvelle, les gens se rassemblant pour partager des histoires drôles et des moments de joie. Les rues étaient devenues des terrains de jeu, où les enfants couraient en riant et les adultes se lançaient des plaisanteries.

Au fur et à mesure qu'ils avançaient, Nicolas remarqua quelque chose de remarquable. Les bâtiments semblaient s'animer de leur propre chef, leurs façades affichant des visages comiques et des expressions exagérées. Les fenêtres clignotaient comme des yeux complices, tandis que les portes semblaient s'ouvrir avec un clin d'œil malicieux.

Nicolas se tourna vers le Rien avec un sourire curieux. « Est-ce que tout cela est réel ? Ou est-ce encore une illusion absurde ? »

Le Rien éclata de rire, une mélodie de rire qui se mêla harmonieusement à celle de la ville. « Peut-être que la réalité est ce que nous choisissons de créer, Nicolas. Peut-être que le rire et l'absurdité sont les outils pour découvrir la vérité cachée derrière les apparences. »

Ils arrivèrent finalement à un parc, où les arbres semblaient danser au rythme du rire environnant. Nicolas s'assit sur un banc, observant les enfants qui jouaient avec les oiseaux et les écureuils d'une manière tout à fait délirante. « C'est comme si le monde entier avait été transformé en une immense fête. »

Le Rien s'assit à côté de lui, un sourire mystérieux aux lèvres. « Tu as réussi à découvrir le secret, Nicolas. Le rire est la clé pour transcender les limites de la perception ordinaire. C'est en embrassant l'absurdité que nous pouvons percevoir la beauté cachée du monde. »

Nicolas regarda le ciel qui était désormais rempli de formes extravagantes et colorées. « Et dire que tout a commencé avec un simple point d'interrogation. »

Le Rien hocha la tête, ses yeux brillant d'une

sagesse profonde. « Le point d'interrogation t'a ouvert la porte vers une réalité plus vaste, te montrant que le sens peut être trouvé dans l'exploration, la créativité et l'émerveillement. »

Nicolas prit une profonde inspiration, sentant la magie de l'instant le traverser. « Je suis reconnaissant pour tout ce que j'ai vécu, pour les rencontres farfelues, les aventures délirantes et même les confrontations avec le néant. Chaque expérience m'a apporté une nouvelle perspective. »

Le Rien se leva et se tint debout devant Nicolas, rayonnant d'une aura apaisante. « Rappelle-toi toujours, Nicolas, que le pouvoir de créer du sens est entre tes mains. Même lorsque les choses semblent sombres, tu as le choix de sourire au néant et de découvrir la lumière cachée. »

Nicolas se leva à son tour, son sourire illuminant son visage. « Je n'oublierai jamais cette leçon. Je vais continuer à sourire, à rire et à embrasser l'absurdité à chaque étape de ma vie. »

Ils se regardèrent un instant, un échange silencieux de compréhension profonde. Puis, comme s'il était emporté par le vent, le Rien commença à se dissoudre, se fondant dans l'air comme une brume légère.

Nicolas resta seul au milieu du parc, sa vision du monde transformée à jamais. Il prit une profonde inspiration, rempli d'une gratitude immense pour cette aventure extraordinaire. Alors qu'il observait le ciel teinté de couleurs éclatantes et le rire qui continuait de résonner dans l'air, il sut que le sourire du néant serait gravé dans son cœur pour toujours.

Nicolas se tenait au cœur de la ville, son sourire illuminant les visages qui l'entouraient. À mesure qu'il observait les gens rire et se réjouir, il ressentit une connexion profonde avec le monde qui l'entourait. Le Rien, désormais une présence bienveillante, semblait l'accompagner dans cette aventure vers le cœur du sens caché.

Les rires continuaient de se répandre, emportant avec eux le fardeau du quotidien et le poids des préoccupations. Les rues se transformaient en pistes de danse, où les gens tournoyaient en se laissant emporter par la magie du moment. Les bâtiments semblaient se joindre à la fête, leurs fenêtres clignotant en rythme avec les rires.

Alors que Nicolas et le Rien se promenaient à travers la ville, ils croisèrent des personnes qui semblaient plus légères, plus vivantes. Des sourires éclatants brillaient sur les visages qui avaient été marqués par la tristesse, et les conversations étaient emplies d'une énergie nouvelle.

Finalement, ils atteignirent un parc où les arbres semblaient danser au gré du vent en fredonnant des mélodies enjouées. Nicolas s'assit sur un banc, observant les enfants qui jouaient avec les papillons d'une manière tout à fait exubérante. « Le rire a un pouvoir incroyable, n'est-ce pas ? Il peut guérir, connecté et transformé. »

Le Rien acquiesça, son aura apaisante rayonnant toujours. « Le rire transcende les limites de la logique et de la compréhension conventionnelle. C'est un langage universel qui communique la joie et l'unité au-delà des mots. »

Nicolas se tourna vers le Rien avec un sourire radieux. « Et j'ai réalisé que le véritable sens ne réside pas seulement dans la quête de réponses rationnelles, mais dans la capacité de créer du sens à partir du non-sens. »

Le Rien sembla se fondre encore plus dans l'atmosphère, ses contours se mélangeant avec le monde enjoué qui les entourait. « Exactement, Nicolas. C'est dans les espaces entre les mots, les rires et les expériences que la véritable signification de la vie se révèle. »

Ils passèrent le reste de la journée à explorer la ville métamorphosée par le rire et l'absurdité. Les cafés résonnaient de conversations animées et de rires étincelants, les parcs étaient devenus des terrains de jeux joyeux, et les rues brillaient de couleurs vives et d'énergie positive.

Au coucher du soleil, alors que le ciel s'embrasait de teintes orangées et roses, Nicolas se tint au sommet d'une colline, observant le spectacle éblouissant. Le

Rien était à ses côtés, sa présence apaisante toujours perceptible. « Tout cela a commencé par un simple point d'interrogation, mais cela a abouti à une révélation profonde. »

Le Rien inclina légèrement la tête, ses yeux brillant d'une sagesse infinie. « Tu as trouvé le chemin vers la vérité, Nicolas. Le sens ne peut être trouvé que lorsque nous embrassons l'absurdité, lorsque nous sourions au néant et trouvons la beauté dans chaque recoin de l'existence. »

Nicolas sourit, sentant la gratitude et l'émerveillement inonder son être. « Je suis reconnaissant pour cette incroyable aventure, pour les rencontres farfelues, les rires partagés et les découvertes profondes. Cette expérience m'a ouvert les yeux sur une réalité plus vaste. »

Le Rien émit un doux rire, une mélodie légère qui semblait se fondre dans le vent. « Rappelle-toi, Nicolas, que tu as maintenant la clé pour créer du sens où que tu ailles. Le rire et l'absurdité sont tes alliés dans la quête de la connaissance profonde. »

Nicolas ferma les yeux un instant, absorbant l'enseignement du Rien. Lorsqu'il les rouvrit, le Rien semblait s'estomper doucement, se dissolvant comme une brume dans l'air. « Merci, Rien, pour cette leçon inestimable. »

Le Rien sembla sourire à travers sa dissolution, sa voix résonnant doucement dans l'air. « Le voyage ne fait que commencer, Nicolas. N'oublie jamais que le sourire du néant est une force puissante, capable de changer le monde. »

Nicolas resta seul au sommet de la colline, regardant le ciel devenir sombre alors que les étoiles commençaient à briller. Il se sentait rempli d'une paix profonde, sachant qu'il avait découvert une vérité essentielle. Le sourire du néant était devenu une part de lui, une source constante de joie et de sagesse.

Alors qu'il descendait la colline pour rejoindre la ville illuminée par les éclats de rire, Nicolas sut qu'il avait trouvé son propre chemin vers le sens. Et à chaque sourire qu'il partageait avec les autres, à chaque éclat de rire qui se répandait, il était en train de tisser une toile de sens et de bonheur à travers le monde.

Le point d'exclamation final

Les dernières phrases du livre s'étalaient sur la page, formant une conclusion parfaite à l'incroyable voyage que Nicolas avait entrepris. Il relut une dernière fois les mots qui décrivaient les aventures absurdes, les rencontres farfelues et les découvertes surprenantes qu'il avait vécues. Un sentiment de satisfaction et d'excitation l'envahit alors qu'il réalisait que son livre était enfin complet.

Pourtant, il savait qu'il manquait quelque chose. Quelque chose qui capturerait l'essence même de tout ce qu'il avait écrit. Quelque chose qui apporterait une touche finale inoubliable à son œuvre.

Nicolas sourit, une idée folle germant dans son esprit. Il avait une vision claire de ce qu'il devait faire. Avec détermination, il prit la plume et traça un point d'exclamation à la fin du livre. Mais ce n'était pas n'importe quel point d'exclamation. C'était un point d'exclamation géant, vibrant d'énergie et de vitalité.

À peine, le point d'exclamation fut-il dessiné que quelque chose de magique se produisit. Le point d'exclamation sembla prendre vie, bondissant hors de la page comme un ressort. Il grandit rapidement, remplissant la pièce de sa présence éclatante. Les meubles vibrèrent légèrement sous son influence.

Nicolas recula, émerveillé par le spectacle devant lui. Le point d'exclamation géant semblait être une entité vivante, une manifestation physique de l'énergie et de l'enthousiasme qu'il avait mis dans son livre. L'air s'emplit d'une ambiance électrique, comme si l'univers lui-même attendait avec anticipation.

Soudain, le point d'exclamation géant jaillit dans les airs. Une onde de rires joyeux se répandit dans la pièce, puis au-delà. Les rires se multiplièrent, fusionnant pour créer une mélodie enjouée qui résonnait dans les rues, les bâtiments et les cœurs de tous ceux qui l'entendaient.

Les points d'exclamation commencèrent à apparaitre partout. Ils jaillissaient des pages des livres, flottaient dans le ciel, se formaient avec les nuages. Chaque point d'exclamation portait en lui l'énergie contagieuse du rire et de la joie. Ils semblaient rebondir et danser au rythme de leur propre musique invisible.

Nicolas éclata de rire, se joignant à la symphonie joyeuse qui envahissait la ville. Il regarda par la fenêtre et fut témoin du spectacle incroyable. Les gens sortaient dans les rues, souriant et riant, laissant derrière eux leurs soucis et leurs préoccupations. Les rires se propageaient comme une onde de bonheur, se renforçant à mesure qu'ils touchaient chaque âme.

Les points d'exclamation semblaient prendre vie, comme des créatures espiègles sautillant d'un endroit à l'autre. Ils formaient des motifs dans le ciel, créaient des constellations de joies. Les rires étaient la toile de fond d'une danse céleste, un spectacle magique qui ne pouvait être décrit que comme transcendant.

Nicolas avait du mal à croire que tout cela se passait réellement. Son point d'exclamation géant avait déclenché une réaction en chaine d'amusement et de rire qui avait transformé la ville entière en une célébration de la vie et de l'absurdité.

Alors que les rires se prolongeaient, Nicolas sentit une profonde gratitude. Il avait réussi à transmettre sa passion, sa créativité et son amour pour le non-sens à travers son livre. Le point d'exclamation géant était devenu le symbole de tout cela, une affirmation audacieuse que la joie et le rire pouvaient transcender les barrières de la logique et de la réalité.

Il s'avança vers la fenêtre, regardant les points d'exclamation rebondir et tourbillonner dans les airs. Les rires continuaient de résonner, créant une harmonie éclatante avec les points d'exclamation. Nicolas se sentait à la fois émerveillé et humble devant le pouvoir que ses mots avaient eu de créer un tel phénomène.

Alors que le rire s'intensifiait, Nicolas sut que c'était la conclusion parfaite pour son livre. Son aventure à travers l'absurdité avait abouti à ce moment magique, à cette explosion de rires et de points d'exclamation. Il avait trouvé un moyen de capturer l'essence même de la vie dans toute sa folie et sa splendeur.

Nicolas ferma les yeux un instant, laissant les rires et les points d'exclamation envahir ses sens. Il était rempli d'une profonde paix et d'une immense satisfaction. Son livre était bien plus qu'une simple histoire, c'était une célébration du pouvoir de la créativité, de l'humour et de la connexion humaine.

Alors que les rires commençaient lentement à s'atténuer, Nicolas ouvrit les yeux à nouveau. Le point d'exclamation géant, qui avait été au cœur de tout cela, sembla briller brièvement, comme s'il exprimait sa propre joie et sa propre gratitude. Puis, avec un dernier saut de joie, il se fondit doucement dans l'air, laissant derrière lui une trainée scintillante d'éclats de rire.

Nicolas savait que cette expérience resterait gravée dans sa mémoire pour toujours. Il avait découvert que le pouvoir du rire et de la créativité pouvait éclairer même les coins les plus sombres de l'existence. Et avec un sourire radieux, il se tourna vers son bureau, sachant qu'il était prêt pour de nouvelles aventures, de nouvelles explorations de l'absurdité et de la vie elle-même.

Nicolas observa avec émerveillement alors que le point d'exclamation géant s'élevait dans les airs. Il avait l'impression que toute l'énergie, la passion et l'absurdité qu'il avait insufflées dans son livre étaient concentrées en cet unique symbole. Le point d'exclamation semblait briller d'une lumière vive et contagieuse, répandant un éclat de rire autour de lui.

Au moment où le point d'exclamation atteignit sa hauteur maximale, il sembla exploser en une pluie de particules lumineuses. Ces particules prirent rapidement la forme de points d'exclamation plus petits, et, bientôt, la pièce fut remplie de ces symboles sautillants. Ils ricochèrent sur les murs, le plafond et les meubles, créant une ambiance exaltante et délirante.

Soudain, les points d'exclamation commencèrent à s'échapper par les fenêtres et à envahir le monde extérieur. Les passants dans la rue s'arrêtèrent en écarquillant les yeux alors qu'ils voyaient ces symboles joyeux bondir dans les rues. Un éclat de rire collectif remplit l'air, chaque point d'exclamation ajoutant sa propre note de folie à cette mélodie de bonheur.

Nicolas ne put s'empêcher de se joindre au rire généralisé. Il se tenait au milieu de cette tempête de points d'exclamation, sentant la magie de son propre livre imprégner l'atmosphère. Les symboles semblaient interagir avec les émotions des gens, libérant un torrent d'émotions positives et libératrices.

Les points d'exclamation rebondissaient partout, créant une symphonie visuelle de mouvements agités. Ils formaient des figures dans le ciel, écrivant des messages éphémères de joie. Les rires semblaient vibrer à travers chaque bâtiment, chaque rue, chaque cœur. C'était comme si le monde entier avait trouvé un moyen de célébrer la vie d'une manière purement extravagante.

Nicolas observa avec émotion les visages des passants. Il y avait des sourires, des rires et même des éclats de rire inattendus. Les gens se laissaient emporter par cette vague de positivité, oubliant leurs soucis et leurs tracas. C'était comme si le pouvoir de son point d'exclamation géant avait le pouvoir de dissiper les nuages gris et d'illuminer les journées de tous.

Au milieu de ce tourbillon de rires et de symboles, Nicolas se sentit connecté à quelque chose de plus grand. Son livre avait réussi à créer un lien entre les gens, à traverser les frontières de la langue et de la culture pour transmettre un message universel de joie et de rire. Il avait libéré le pouvoir du non-sens pour libérer une énergie positive et contagieuse.

Les points d'exclamation continuèrent leur danse folle pendant un certain temps, avant de commencer à se dissiper progressivement. Les rires diminuèrent peu à peu, laissant place à un sentiment de plénitude et de satisfaction. Nicolas regarda autour de lui, admirant les sourires sur les visages des passants et la lumière chaleureuse qui baignait la ville.

Finalement, les derniers points d'exclamation se fondirent dans l'air, et le calme revint lentement à la pièce. Nicolas resta là, un sourire radieux sur le visage, alors qu'il prenait tout cela en considération. Son voyage à travers l'absurdité avait abouti à ce moment extraordinaire, à cette explosion de rires et de bonheur partagé.

En regardant par la fenêtre, Nicolas vit le soleil commencer à se coucher à l'horizon. Les derniers rayons dorés illuminèrent la ville, créant une aura magique qui enveloppa chaque rue et chaque recoin. Nicolas sentit une profonde gratitude pour ce qu'il avait vécu, pour les rencontres farfelues, les aventures délirantes et les découvertes profondes qu'il avait faites.

Il savait que son livre ne serait pas seulement une histoire, mais une expérience qui laisserait une empreinte durable dans les cœurs de ceux qui le liraient. Le point d'exclamation géant avait symbolisé bien plus que la fin d'un récit. C'était un rappel que, même dans le monde le plus absurde, le rire, la créativité et la connexion humaine avaient le pouvoir de créer du sens.

Nicolas éteignit la lumière de son bureau et

se dirigea vers la porte, porteur d'une nouvelle perspective sur la vie et ses merveilles. Alors qu'il fermait la porte derrière lui, il pouvait encore entendre les échos lointains des rires et des rires dans la ville. Le monde avait été transformé par un point d'exclamation géant, une affirmation audacieuse que, même dans l'absurdité, la vie pouvait être une célébration éclatante.

Les points d'exclamation continuaient de rebondir dans l'air, créant une atmosphère de pur bonheur et d'excitation. Nicolas les observait avec un mélange d'étonnement et de satisfaction. Son cœur était léger, empli de la certitude qu'il avait réussi à transmettre quelque chose de spécial au monde.

Les rires se mêlaient aux éclats de lumière alors que les points d'exclamation se déplaçaient dans tous les coins de la ville. Les gens sortaient de leurs maisons et de leurs bureaux, attirés par le spectacle joyeux qui se déroulait devant eux. La rue était devenue un véritable carnaval d'éclats de rire et de points lumineux.

Nicolas se laissa emporter par l'effervescence ambiante. Il se joignit à un groupe de personnes qui regardaient les points d'exclamation danser autour d'eux. Les regards se croisaient avec complicité, les sourires s'élargissaient et les rires devenaient contagieux. C'était comme si la magie de son livre avait transformé la ville en une bulle de joie insouciante.

Il remarqua une famille avec des enfants qui sautaient pour attraper les points d'exclamation. Les éclats de rire des enfants étaient les plus purs, leur innocence reflétant la simplicité et la beauté de l'instant. Les adultes se laissaient également emporter, retrouvant une part de leur propre enfant intérieur.

Alors que les points d'exclamation continuaient de rebondir et de danser, Nicolas eut une pensée soudaine. Il sortit son carnet et son stylo et commença à écrire. Les mots coulèrent de sa plume avec facilité, porteurs de la même énergie vibrante et légère que les points d'exclamation.

« Le rire est la clé qui ouvre la porte de la joie », écrivit-il. « Dans l'absurdité, nous trouvons la liberté d'être nous-mêmes, de laisser tomber nos barrières et de nous connecter avec les autres d'une manière authentique. »

Les mots semblaient trouver leur propre rythme, comme s'ils étaient en phase avec le flux des points d'exclamation. Nicolas écrivait avec passion, décrivant comment le pouvoir de l'absurde pouvait transcender les limites de la logique et permettre aux cœurs de s'ouvrir.

Il se sentait comme un instrument, laissant les mots jaillir de son être comme une mélodie enchanteresse. Les passants s'arrêtaient pour lire ses mots, et Nicolas pouvait voir la reconnaissance et la compréhension dans leurs regards. C'était comme si ses paroles résonnaient avec leurs propres expériences et émotions.

Les points d'exclamation commencèrent lentement à se calmer, comme s'ils s'étaient épuisés après avoir apporté tant de joie au monde. Ils se rassemblèrent finalement autour de Nicolas, créant une aura lumineuse et chaleureuse. Il se sentit enveloppé par cette énergie positive, un sentiment d'accomplissement et de plénitude l'envahissant.

Le soleil avait commencé à se coucher à l'horizon, teintant le ciel de teintes chaudes et dorées. Les éclats de rire qui avaient rempli l'air semblaient résonner avec les derniers rayons du jour. Nicolas sentit une profonde gratitude pour cette expérience extraordinaire, pour le voyage qu'il avait entrepris à travers l'absurdité et la créativité.

Alors qu'il observait les points d'exclamation se disperser lentement, Nicolas sut que son livre avait atteint son but. Il avait réussi à transformer l'absurde en une source de joie et de connexion. Il avait montré que, même dans un monde où les règles semblaient floues, il y avait un sens profond à trouver dans la manière dont nous choisissons de vivre et d'interagir.

Les étoiles commençaient à apparaitre dans le ciel, scintillant comme des points d'exclamation lointains. Nicolas sentit une paix intérieure et un sentiment d'accomplissement. Son voyage à travers les aventures délirantes et les rencontres farfelues l'avait transformé, et il savait que son livre continuerait à inspirer d'autres à embrasser la magie du non-sens.

Il plia son carnet avec soin et le rangea dans sa poche. Puis, avec un dernier regard vers le ciel étoilé, il commença à marcher vers l'avenir. Les rires et les sourires qui avaient rempli la ville semblaient encore résonner dans l'air, porteurs d'une énergie qui ne s'éteindrait jamais.

Le point d'exclamation final était bien plus qu'une simple ponctuation. C'était un symbole de célébration, de découverte et de connexion. Et même s'il avait été créé à partir du non-sens, il avait apporté un sens profond à ceux qui l'avaient vécu.

Épilogue : Le rire éternel
Le livre dans l'univers

Dans les jours qui suivirent, Nicolas put constater l'impact de son livre sur le monde. L'absurdité avait fait irruption dans la vie des gens, et les sourires semblaient être devenus une monnaie courante. Les discussions se déroulaient avec une légèreté nouvelle, les tensions semblaient s'être évaporées, et partout où il allait, il entendait les éclats de rire qui remplissaient l'air.

Nicolas se promenait dans les rues, observant les scènes joyeuses qui se déroulaient autour de lui. Des groupes de gens s'étaient rassemblés pour participer à des jeux absurdes et des concours de non-sens. Les rues semblaient être devenues un terrain de jeu géant, où chacun pouvait laisser libre cours à sa créativité et à sa folie.

Un jour, alors qu'il marchait dans un parc, Nicolas leva les yeux vers le ciel. Il y découvrit une étoile particulièrement brillante et scintillante. À sa grande surprise, il réalisa que cette étoile était en réalité le livre qu'il avait écrit. Il se transformait en une étoile lumineuse dans le firmament, irradiant une lueur douce et apaisante.

Le cœur de Nicolas se remplit de gratitude et d'émerveillement. Son livre avait trouvé sa place parmi les étoiles, devenant une source de lumière et de joie pour l'univers entier. Il se demanda combien d'autres étoiles étaient en réalité des œuvres créées par d'autres esprits créatifs, diffusant leurs messages dans l'espace infini.

Alors que Nicolas observait l'étoile, il ressentit un éclat de rire monté en lui. Il se souvint de son voyage à travers les aventures délirantes, les rencontres farfelues et les moments de non-sens absolu. Tout avait commencé avec un simple point d'interrogation, et cela l'avait mené vers une révélation profonde sur le pouvoir de la créativité et du rire.

Le rire éternel, voilà ce que son livre avait apporté. Une étoile dans le ciel était devenue le symbole de cette transformation, une preuve que, même dans l'univers infini, l'absurdité pouvait illuminer les ténèbres. Nicolas se surprit à rire à nouveau, laissant les vibrations joyeuses se répandre dans l'air.

Alors que le soleil se couchait à l'horizon, Nicolas sut que son voyage touchait à sa fin. Son aventure à travers les mots et l'absurdité avait été bien plus qu'une simple exploration littéraire. C'était devenu une quête pour découvrir la magie de l'expression créative, la puissance du rire et la profondeur du sens caché derrière le non-sens.

Il tourna son regard vers l'étoile qui brillait dans le ciel nocturne. Les éclats de rire semblaient résonner à travers l'univers, reliant tous les esprits qui avaient été touchés par son livre. Nicolas se sentit en harmonie avec le cosmos, une partie intégrante du grand ballet de la créativité qui se déroulait dans chaque coin de l'existence.

Alors qu'il contemplait l'étoile, Nicolas se surprit à murmurer quelques mots, comme s'il s'adressait à l'univers lui-même. « Que le rire continue à briller, que l'absurdité continue à nous émerveiller, et que la créativité soit notre guide dans ce vaste voyage. »

Il ferma les yeux un instant, écoutant le doux chuchotement du vent et le murmure lointain des étoiles. Il avait trouvé sa voie, découvert la magie des mots et réalisé que le véritable sens était de créer sa propre réalité à travers la puissance de l'expression.

Lorsqu'il rouvrit les yeux, il se rendit compte que son voyage ne se terminait pas vraiment. Chaque moment était une opportunité d'explorer davantage, de créer plus intensément et de rire plus profondément. L'étoile dans le ciel était un rappel constant que l'absurdité et la créativité étaient infinies, tout comme l'univers lui-même.

Nicolas sourit en regardant l'étoile lumineuse. Le rire éternel avait trouvé sa place parmi les étoiles éternelles, et son voyage à travers l'absurdité avait laissé une marque indélébile sur le monde. Avec un cœur léger et une âme comblée, il continua son chemin, prêt à explorer chaque nouvelle aventure avec une ouverture d'esprit et un esprit libre.

L'impact du livre d'absurdités s'était propagé bien au-delà des attentes de Nicolas. Chaque coin du monde avait été touché par le flot de rires et de sourires qu'il avait déclenchés. Les gens se rassemblaient pour lire à haute voix les passages les plus hilarants, les familles se réunissaient pour partager des moments de joie et les écoles organisaient des ateliers créatifs pour explorer l'absurdité sous toutes ses formes.

Nicolas lui-même avait été invité à plusieurs évènements pour partager son expérience et son voyage à travers le monde des mots et du non-sens. Il était devenu une figure inspirante pour ceux qui cherchaient à libérer leur créativité et à embrasser l'absurdité comme une source de joie.

Un jour, alors qu'il se promenait dans un parc, Nicolas leva les yeux vers le ciel. Il y découvrit une étoile exceptionnellement lumineuse et scintillante. Au fur et à mesure qu'il la contemplait, il réalisa avec étonnement que cette étoile était en réalité le reflet de son propre livre. Une étoile formée par les éclats de rire et de bonheur que son livre avait répandu à travers le monde.

L'étoile irradiait une lumière douce et apaisante,

une lumière qui semblait pénétrer les cœurs de chacun, leur rappelant la beauté du rire et de l'expression créative. Nicolas sourit en réalisant que son livre avait transcendé les limites du papier et des mots pour devenir une véritable source de lumière et de réconfort.

Le cœur rempli de gratitude, Nicolas sentit une connexion profonde avec l'étoile. Il se souvint de son aventure à travers les mondes absurdes, les rencontres farfelues et les dialogues avec le Rien. Chacun de ces moments avait contribué à forger cette étoile, à tisser les fils de rire qui la composaient.

Alors qu'il contemplait l'étoile brillante, Nicolas ne put s'empêcher de rire doucement. Les vibrations du rire semblaient se mêler à la lumière de l'étoile, créant une danse de joie à travers le cosmos. Il comprenait maintenant que le véritable sens se trouvait dans la création même du non-sens, dans la capacité de trouver de la beauté et de la signification même dans l'absurde.

Des années passèrent, mais l'étoile du rire éternel continua à briller intensément dans le ciel nocturne. Les générations à venir contemplaient cette étoile avec émerveillement, se laissant envelopper par la magie des éclats de rire qui l'avaient créée. Les histoires du livre d'absurdités se transmettaient de génération en génération, rappelant à tous que le rire était un lien universel qui transcende le temps et l'espace.

Nicolas avait vieilli, mais son esprit restait aussi vif et ouvert qu'auparavant. Assis sous la lumière de l'étoile, il se remémorait les moments qui l'avaient conduit jusqu'à ce point. Chaque aventure, chaque rencontre et chaque éclat de rire avaient été des briques de son propre voyage intérieur, une quête pour découvrir le véritable sens de l'existence.

Un jour, alors qu'il observait l'étoile avec une tendre affection, il sentit une présence à ses côtés. C'était un enfant, les yeux remplis d'émerveillement, qui avait lu l'histoire du livre d'absurdités. L'enfant regarda l'étoile avec étonnement, puis se tourna vers Nicolas avec un sourire radieux.

« Est-ce que c'est vrai que cette étoile a été créée par ton livre ? », demanda l'enfant.

Nicolas hocha la tête avec un sourire bienveillant. « Oui, c'est vrai. Cette étoile est née du rire et de l'absurdité que nous avons partagés avec le monde. »

L'enfant le regarda avec des yeux brillants. « C'est incroyable ! »

Nicolas lui tapota doucement l'épaule. « Tu sais, le rire et la créativité sont des choses puissantes. Elles peuvent transformer le monde, apporter de la joie et du sens là où il n'y en avait peut-être pas. Tout commence avec un peu d'audace, un soupçon d'absurdité, et beaucoup de rires. »

L'enfant sourit et pointa vers l'étoile. « Alors,

chaque fois que nous rions, nous ajoutons une étoile à ce ciel ? »

Nicolas acquiesça. « Exactement. Chaque rire, chaque sourire, chaque moment de créativité est comme une étoile qui brille dans l'univers. Et tu sais quoi ? Chacune de ces étoiles forme un rire éternel qui nous relie tout. »

L'enfant contempla l'étoile avec une nouvelle compréhension. « Je vais rire beaucoup alors, pour ajouter plus d'étoiles au ciel. »

Nicolas lui sourit. « C'est la meilleure chose que tu puisses faire. Et n'oublie pas, l'absurdité est un trésor caché dans chaque coin de notre monde. Alors, explore, crée et, surtout, n'arrête jamais de rire. »

Ils restèrent assis sous la lueur de l'étoile du rire éternel, partageant un moment de complicité et de sagesse intergénérationnelle. Nicolas savait que son voyage avait été bien plus qu'une aventure personnelle. C'était devenu un héritage, une étoile qui continuerait de briller dans l'univers, rappelant à tous que, même dans l'absurde, il y avait de la beauté et du sens à trouver.

Du même auteur…

Le cercle vide

Dans l'ombre de Fall Creek

Les merveilleuses aventures de Gaspard à Paris

Les Frasque de Léo à Folx-Les-Caves

Le souffle de Gaia

Haïku, L'art de la simplicité

www.ingramcontent.com/pod-product-compliance
Lightning Source LLC
LaVergne TN
LVHW090925150826
845672LV00006B/1396

* 9 7 8 2 9 6 0 3 6 9 7 2 4 *